長腿叔叔

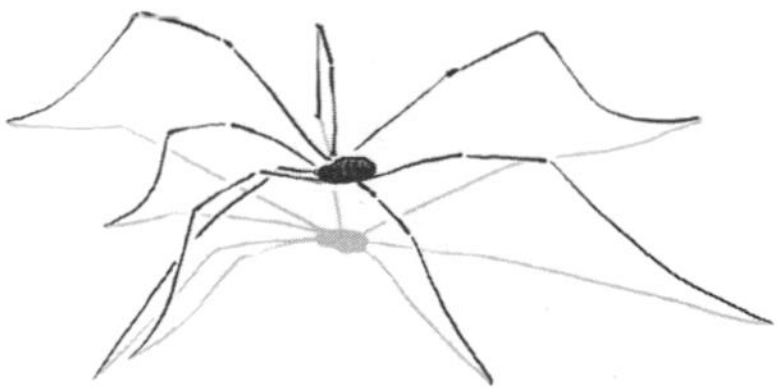

總導讀

打開世界文學經典，進入生命的另一個層次！

——新樹幼兒圖書館 館長 蔡幸珍

文學經典之所以成為經典，是因為這些世界名著經過時間的淘洗與淬煉之後，能歷久不衰並轉化成各種形式的「變裝」，例如：卡通、電影、芭蕾舞蹈、音樂、漫畫、手機遊戲、桌遊……等，繼續活躍在這世界的舞台上。

時代會變，社會在進步，科技也以十倍速更新，然而亙古以來的人性卻沒有顯著的變化，幾百年前能感動、震撼、取悅、療癒人心的世界名著，在幾百年後，依然能深深打動世人。

完整的文學經典出版計畫

小木馬文學館這一系列的世界文學經典作品，是由日本第一流的兒童文學研究家，以及國內的傑出譯者以生動活潑的現代語言譯寫，並且附有詳細的注釋、彩頁插畫、作者介紹、人物關係圖、故事舞台和地圖……等等。從這些規畫與細節，可以看到編輯群的用心與貼心。

每個時代的生活用語與文物不盡相同，書中圖文並茂的注釋讓讀者能跨越時空、地理與文化的差異，減少與文字的距離和陌生感，更容易進入故事的時空情境當中。書中的介紹讓讀者了解作者的生平與創作背後的故事；人物關係圖釐清了解各個角色之間的關係，譬如：《希臘神話》中的哪個天神和誰生下了誰，誰又是誰的兄弟姊妹，這個英雄又有何來頭，天神之間錯綜複雜的關係，一張人物關係圖就能幫助讀者腦筋不打結；故事場景和地圖則提供清晰的地理線索，不論是將來實地去故事誕生之地拜訪遊玩，或是在腦海中遨遊都格外有趣。這些林林總總的補充資料，我稱它們為「作品懶人包」，讓讀者無需上網一一去搜尋相關的背景資料，提供了一條深入了解作品的捷徑。

體驗經典的文字魅力

閱讀小木馬文學館一本又一本的世界名著時，我彷彿坐上時光機，回憶起與這些「變裝」後的世界名著相遇的點點滴滴。

《湯姆歷險記》以卡通的型態出現在老三臺的電視裡，吹著口哨的湯姆計誘朋友以珍藏的寶貝來換取刷油漆的工作，湯姆．索耶聰明淘氣的形象深深烙印在我腦海中；《紅髮安妮》每隔十幾年就被翻拍成電視劇或是電影《清秀佳人》；《格列佛遊記》藏身在國小的課文中，一年又一年，格列佛在課本裡，全身被釘住，上百支箭射向他；我在舞台上遇見了《莎士比亞故事集》中的羅密歐與茱麗葉；《悲慘世界》以音樂劇的形式在我心中投下震憾彈；《偵探福爾摩斯》則讓年少的我躺在涼椅上抱著書不放，度過一整個暑假。我與希臘眾神的相遇則是在台東大學兒童文學研究所的「神話與童話」課堂中、在希臘愛琴海上的克里特島上。

小時候的我，看過「變裝」後的世界名著，現在再讀小木馬文學館以「書」的形式登場的這些名著時，著實被這些作品的文字魅力深深吸引住。「書」和卡通、電視電影等影音媒體大大不同，以水果來比喻的話，書就是水果，而卡通、電影是果汁。看書像是吃原味的水果，而看卡通、電影就像喝果汁，有些營養素不見了，口感也不同了！

比方說，在《湯姆歷險記》卡通裡，看不到馬克・吐溫寫的「不好的回憶就像寫在海灘上的字，幸福的大浪一捲來，馬上就消失無蹤。」在《清秀佳人》卡通裡，看不到「然而，我現在來到人生的轉角了；雖然，走過轉角後，不知道前方會有什麼在等待著，但我相信一定是燦爛美好的未來。這又是另一種樂趣了。」這樣精采的字句，因此我誠心建議曾經與

「變裝」世界名著相遇的人，千萬別錯過原著的文字世界。

閱讀，讓生命變得不同

小木馬文學館將這一系列世界名著的定位為「我的第一套世界文學——在故事中體驗冒險、正義、愛、歡笑與淚水」，兼具趣味性、易讀性、知識性、文學性，並展演出各式各樣的人性，冀望能為小讀者開啟人生第一道文學之門。我也極力推薦大人們和小朋友一起閱讀這系列書，一起聊聊書，在書中探索人心的神祕、奧妙與幽微之處，也一起認識這世界的種種不幸與美好。

法國的符號學者羅蘭．巴特（Roland Barthes）說：「閱讀不是逐字唸過而已，而是從一個層次進入另一個層次的過程。」

我也認為閱讀是一種化學變化，讀一本書之前和讀了一本書之後，讀者的生命將變得和原本不一樣了。看《悲慘世界》時，可以看到未婚生子的女工在底層環境裡養育孩子的辛苦，了解社會底層人士的生活樣貌；讀了《紅髮安妮》之後，也可以學習安妮正向樂觀的生活態度，對生活保持高度好奇心，並對周遭世界施以想像的魔法，讓世界變美麗！看《湯姆歷險記》時，才知道在現實生活中自己可能是乖乖牌席德，但內心其實很想扮演湯姆．索耶，偶爾淘氣、搗蛋、半夜去冒險。

書本能誘發我們的人生成長，而經典更絕對是最佳的催化劑。打開書吧，讓我們透過一本本世界文學經典的引領，進入生命的另一個層次！

前言

青春浪漫的校園生活

《長腿叔叔》於一九一二年出版，以二十世紀初期的美國東北部為故事的背景。

作者琴．韋伯斯特出生於一八七六年，她的母親是著有《湯姆歷險記》的知名作家馬克．吐溫的外甥女，父親則從事出版業。出身書香世家的琴在知名的女子大學瓦薩學院主修英文與經濟學，並且對社會福利與改革議題具有濃厚的興趣，課餘時間也積極參加許多政治活動。她除了創作小說也將其改編為劇本，在各地公演。遺憾的是，琴在即將滿四十歲之際，產下女兒後便過世了。

《長腿叔叔》描寫自幼在孤兒院長大的少女吉露莎，因為擅長作文，才華受到孤兒院董事的肯定，因而出錢資助她去讀大學，條件是她必須將在學期間直到畢業的生活寫成書信，向這位不願透露姓名的紳士報告。

這部作品最大的特色就是由少女一人娓娓道來，透過輕快幽默的筆觸呈現出她的喜怒哀樂，打動讀者的心，少女吉露莎在如此獨特的手法烘托下顯得活靈活現。不管是剛入學的新鮮感或挫折，對知識的積極與熱情，都是主角從自卑到自信的成長歷程的一部分。

透過這本書，讀者也能跟著才華洋溢又不失天真可愛的吉露莎一探二十世紀初期的大學校園生活，看看她的喜悅與煩惱是否與今日的學生一樣呢？

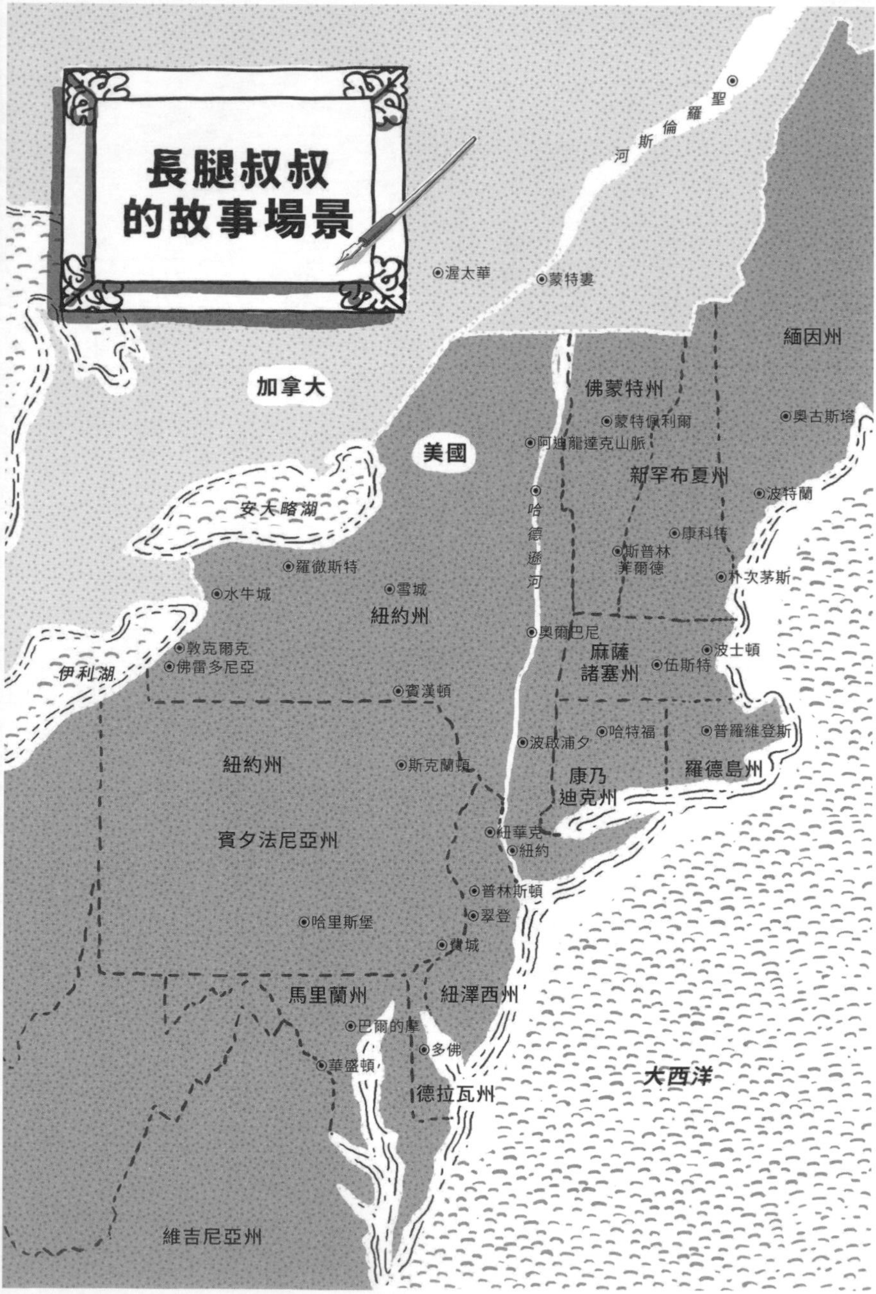
長腿叔叔
的故事場景
聖羅倫斯河
渥太華
蒙特婁
緬因州
加拿大
佛蒙特州
蒙特佩利爾
奧古斯塔
阿迪龍達克山脈
美國
新罕布夏州
波特蘭
安大略湖
哈德遜河
康科特
斯普林菲爾德
朴次茅斯
羅徹斯特
水牛城
雪城
紐約州
奧爾巴尼
麻薩諸塞州
波士頓
伍斯特
敦克爾克
佛雷多尼亞
伊利湖
賓漢頓
波啟浦夕
哈特福
普羅維登斯
紐約州
斯克蘭頓
康乃迪克州
羅德島州
紐華克
紐約
賓夕法尼亞州
普林斯頓
翠登
哈里斯堡
費城
馬里蘭州
紐澤西州
巴爾的摩
多佛
華盛頓
大西洋
德拉瓦州
維吉尼亞州

討厭的星期三

對吉露莎·亞伯特而言，每個月的第一個星期三是最討厭的一天，因為這天她必須戰戰兢兢的等待，咬牙苦撐，一過了這一天便想盡快全部忘掉。

這一天地板必須擦得光亮如鏡，無論哪張椅子都必須一塵不染，每張床都要鋪得整整齊齊，連一道小皺褶都不允許有。

還必須幫不安分的九十七名小孤兒把臉洗乾淨，梳好頭髮，穿上漿洗過的**格紋棉布**衣服，扣上一顆顆鈕扣，然後一一提醒這九十七名小小孩：

「大家要守規矩喔。董事們說話時，要禮貌的回覆『是的，先生』、『不是的，先生』，知道嗎？」

這真是忙碌的一天。吉露莎·亞伯特是這群孤兒中最年長的大姊姊，得負起照顧大家的責任。終於，如此忙亂的星期三如同往常即將接近黃昏，在那之前，吉露莎一直在廚房製作招待賓客的三明治，她好不容易忙完了，才走上二樓，回去做她的例行工作。

吉露莎負責的房間是F室，十一張兒童床一字排開，由四到七歲的小小孩使用。吉露莎要這群孩子集合，拉平他們滿是皺褶的衣服，幫他們擤鼻涕，再讓他們乖乖排成一列，帶到餐廳享用麵包、牛奶還有每週一次**李子**醬烤布丁的愉快的三十分鐘用餐時間。

用餐完畢，吉露莎已經累得直不起腰，她坐在靠窗的椅子上，把因疲憊導致太陽穴抽痛的額頭靠在冰冷的玻璃上。今天她從凌晨五點就一直站到現在，真的是累壞了。

每個人都叫她做這做那，緊張兮兮的院長不是責罵就是催促。院長李蓓特太太在前來參觀的董事先生女士面前總是擺出一副端莊平和的樣子，其實私底下可不是那樣。

吉露莎的視線轉向另一邊沾著霜露的草坪。隔著**孤**

格紋棉布（第15頁）
棉織品，由染色絲線和漂白絲線織成直條紋或格紋。特色是輕便耐穿，是很實用的衣料。

李子
薔薇科落葉小喬木，春天會開出五瓣白色小花，果實呈球狀，味酸甜。夏季果實成熟呈紫紅色或黃色，可食用。

兒院的鐵柵欄，遠遠那一邊的平緩山丘上有一棟別墅，順著山丘望去，穿過樹葉掉落的林間，還能看到村裡的高塔。

呼，這一天終於要結束了，幸好一切都很順利，吉露莎心想。董事和視察的客人在孤兒院參觀一圈，讀完報告，喝完茶之後，此時正各自踏上歸途，回到自己溫馨的家。

吉露莎帶著好奇和憧憬，從窗戶探出身子，盯著孤兒院大門外的馬車和汽車車流。想像自己搭乘從大門出去的每一台車，前往山丘上那棟大宅邸的景象。

她幻想自己身穿毛皮大衣，頭戴有羽飾的天鵝絨帽，上車後緩緩靠在椅背，一派優雅，對司機說「回家吧」。但這樣的想像，只到她抵達大宅玄關的那一刻，

孤兒院（第16頁）
收養沒有雙親或監護人之嬰幼兒的慈善機構。目前多稱育幼院。

後續就模糊一片了。

依照李蓓特太太的說法，上帝賦予吉露莎豐沛的想像力，要是稍不注意可是會造成危險。然而，即使她擁有再強大的想像力，也無法想像進入宅邸後的景象。可憐的小吉露莎活了十七個年頭未曾踏入一般的宅邸一步，她不知道普通人家是怎麼過日子的。

吉露莎・亞伯特

有人找妳，

在院長室，

我奉勸妳

最好快去！

入選**聖歌隊**的多米・迪戎邊唱邊走上樓梯。他的歌聲沿著走廊傳到F室，越來越響亮。吉露莎突然被拉回現實世界，不安的想著：

「是誰有事找我？」

李蓓特太太在辦公室，

看來很生氣。

阿——門！

多米像唱聖歌那般故意拉長音節強調，從他的音調中卻感受不到一絲惡意。即使是態度再惡劣的小蘿蔔頭都會忍不住同情不知犯了什麼錯而被生氣的院長傳喚的姊姊。特別是多米，雖然姊姊總是抓住他的手臂，猛力刷洗他的臉，害他的鼻子差點兒就要被揪下來，但他還是很喜歡吉露莎。

聖歌隊（第19頁）

在基督教教會中唱讚美歌的合唱團。

吉露莎不發一語，只是一臉困惑的走出房間。她又做錯了什麼？是三明治的麵包切得太厚嗎？還是核桃點心裡有蛋殼碎屑？還是女士們發現了蘇西．霍森襪子上的破洞？還是……啊啊，糟糕，該不會是她負責的F室的小蘿蔔頭們對那些董事做了什麼失禮的事吧？

樓下走廊沒有點燈。吉露莎下樓時，最後一位董事站在玄關正準備離開。吉露莎瞄了那名男士一眼，只覺得對方的個子好高。

那個人對著等待他的車子招了招手。車子駛近，車頭燈突然從正面照在他身上，男子的身影清楚映在牆壁上，那道影子從走廊延伸到牆壁，手腳拉得異樣的長，簡直就像在走動的**長腳蜘蛛**。

原本愁眉苦臉的吉露莎突然非常想笑。天性開朗的

長腳蜘蛛
與本書《長腿叔叔》同名的盲蛛。身體小如米粒，不到五公釐，卻有八隻細長如針的腳，腳長是體長的數倍至十數倍，走起路來搖搖晃晃。

她，只要一點小事就可以笑得很開心。高高在上的董事先生竟然也會有如此可笑的時候，光是這件小事，就足以讓吉露莎轉憂為喜，微笑走進辦公室。令人驚訝的是，李蓓特太太的心情似乎也很好，雖然不至於露出微笑，臉上卻有著會客時那種愉快的神情。

「吉露莎，來，妳坐下，我有話跟妳說。」

吉露莎坐在離自己最近的椅子上，緊張的等待院長要說的話。此時，有輛車自窗外經過，李蓓特太太目送車子消失才說道：

「妳看到剛剛離開的那位客人嗎？」

「我只看到背影。」

「那位先生是董事中最富有的，他捐了很多錢給我們，我不能告訴妳他叫什麼名字，因為他不想讓別人知道。」

吉露莎從不曾像現在這樣被叫到辦公室聊董事的事情，著實嚇了一跳。

「那位先生關照過這裡的好幾個男孩子，妳還記得查爾斯・班頓、亨利・佛里斯吧？那兩個孩子都是受到……那位先生，就是剛剛離開的那位董事的資助才得以上大學，他們兩個人都非常用功讀書，來報答那位先生資助他們上學的恩惠，因為那位先生說不需要任何的回報。

「以往他資助的都是男孩子，這裡的女孩子表現得再好都不曾得到機會，我想那位先生可能討厭女孩子吧。」

李蓓特太太說完後，沉默了一會兒，然後緩緩說道：

「妳也知道，一般來說，這裡不收留十六歲以上的孩子。妳的狀況比較特別，十四歲就從院裡附設的中學畢業，成績優異，雖然不是很守規矩，但是我們還是讓妳讀了村裡的高中，如今妳快要從高中畢業，我們不可能再收留妳了，畢竟妳已經比其他孩子多留在這裡兩年了。」

李蓓特太太絕口不提這兩年間，她總是要求吉露莎要以孤兒院的工作為優先，就像昨天，她還讓吉露莎向學校請假一天幫忙大掃除。

「就像我剛剛說的，今天董事會上討論到妳的將來該如何安排是好，董事們進行了許多調查——鉅細靡遺，包括所有的事。」

說到這裡，李蓓特太太彷彿盯著罪人似的重重看了吉露莎一眼，吉露莎也裝出一副自己做錯事的懺悔表情，她直覺非這麼做不可。

「當然，一般來說，像妳這種身世的女孩子出去找工作是最好的，但是妳成績很好，尤其是英文表現特別傑出。

監察委員兼學務委員普利查德小姐多次去學校訪談之後，在董事會上發表了一篇對妳讚賞有加的演說，還大聲朗讀了妳的作文〈討厭的禮拜三〉。」

吉露莎這回不用假裝，真的一臉困窘。

「妳竟然把長久以來如此照顧妳的孤兒院貶低成那樣，真是不知感恩。要不是妳的文筆還算詼諧風趣，我們可是不會原諒妳的。

但幸運的是他，就是剛剛回去的那位先生——似乎頗為幽默，他非常喜歡妳那篇任性的作文，因此決定要送妳去上大學。」

「送我上大學？」

吉露莎睜大了眼睛。

李蓓特太太點了點頭。

「那位先生有許多事情想問清楚，剛剛才會留了下來。他提出的條件也很特別，他說妳很有個性，希望能夠將妳培養成作家。」

「您是說作家嗎？」

吉露莎一時沒聽懂。

「沒錯。當然我們不知道妳將來是不是真的能成為作家。那位先生說還會給妳足夠的生活費，雖然我覺得對於沒使用過錢的孩子來說這樣的金額太高，但既然人家心意已決，我也不好多說什麼。今年夏天妳就一直待在這裡吧，普利查德小姐會仔細幫妳照看入學的相關事項。

「宿舍費用跟每個月的學費會直接支付給學校；在這四年期間，每個月會給妳三十五美元的零用金，這筆錢由那位先生的祕書每個月送去給妳，並請妳每個月都寫一封信做為回禮。所謂的回禮，並不是寫妳有多感謝他的出資，而是報告妳讀書的狀況，每天過怎樣的生活……之類的，就像如果妳有父母親，妳會寫給他們的那些內容。

「把信寄給祕書，收信人寫約翰．史密斯先生即可。那位先生不是真的叫約翰．史密斯，只是他不願意讓別人知道他的真名。

「我想他要妳寫信是因為覺得書信是訓練作文技巧最好的方法吧。再則妳沒有親人，要妳用這種方法寫信給他，他也可以了解妳在學校裡的狀況。

「他不會回信，據說他非常討厭寫信，而且我想他也不想花心思在這上頭吧。萬一，無論如何都需要他回信，比方說妳被退學了——我想應該不會發生這種事吧——若有這類的情況，妳只要寫信給他的祕書葛里格先生即可。

「每個月一封信是妳應盡的義務，也是妳唯一可以報答史密斯先生的方式。妳就當作是在打工還錢，每個月都要認真執行，詳細報告妳的在校情況。千萬記住，這封信是寫給約翰．歌利亞孤兒院資助者的信。」

吉露莎．亞伯特盯著門看，只想趕快離開這裡。她太過興奮，只想馬上逃離李蓓特太太無聊嚴肅的說教，一個人好好思考這件事。於是吉露莎站起身來，悄悄後退一步，院長卻阻止她，自顧自的繼續說下去：

「妳一定要對這樣天大的幸運心懷感激，可不是每個孤兒都能有的大好機會，妳千萬不要忘了……」

「是的，院長，我知道了，非常感謝您。如果您要說的話已經說完的話，請讓我回去，我得幫佛萊迪·帕金斯的褲子**縫補丁**了。」

語畢，吉露莎便跳出房間關上了門。李蓓特太太的話還沒說完，只能張大著嘴，看著她的背影從眼前消失。

補丁
在衣服破口處縫上其他布料，延長衣服的使用壽命。

吉露莎・亞伯特寄給長腿叔叔史密斯先生的信

寫自費格森樓二一五號房

九月二十四日

給資助孤苦無依的孩子上大學的董事先生：

我終於來到這裡。昨天我坐了長達四小時的火車，感覺真的非常特別，因為我從未搭過火車。

大學真的好大，這裡的一切都令人摸不著頭緒，每次一走出房間我就迷路，等哪一天我不再像現在這樣慌張失措，再詳細向您報告這邊的生活，屆時也會一併向您報告我的學習狀況，畢竟星期一早上才開學。

現在是星期六晚上，我想先寫封信向您打聲招呼。

寫信給未曾謀面的人，感覺真的很奇妙。我不太習慣寫信，畢竟從出生到現在也才寫過三、四次信，因此這封信或許會寫得有點彆扭，還請您見諒。

昨天早上出發前，李蓓特太太認真的跟我談話，她仔細叮嚀我今後應該怎麼表現，還有對於如此慷慨好心的您該如何應對才行，我必須經常記得「怎樣說話才不會失禮」。

但是，我要如何對自稱「約翰．史密斯先生」的人有禮貌呢？您為何不取一個更有個性的名字？這讓我覺得自己倒不如寫信給「親愛的栓馬柱」或「親愛的曬衣繩」還好一點呢。

這個夏天，很感謝您為我想得這麼周全，沒想到竟會有人為我如此費心，簡直就像是我有了真正的親人似的。

不過，要說是家人，我可以想像您的資訊未免也太少了，目前為止我只知道三件關於您的事：

一、您的個子很高。

二、您很富有。

三、您討厭女孩子。

我原本想稱您「討厭女孩子的先生」，但這樣一來便連自己都貶低了；還是叫您「有錢的先生」——但這個稱呼又像您只剩富有這個優點，對您太過意不去，況且有不有錢，不過是外人從旁看的感覺，而且也不能保證一輩子都有錢。

但是，您的個子很高這一點，應該一輩子都不會改變吧，於是我決定稱呼您為「長腿叔叔」，請您千萬不要生氣。

這只是我私下對您的稱呼，請您務必要對李蓓特太太保密。

再兩分鐘，十點的就寢鐘聲就要響了。在這裡，我們的一天被分為好幾段，吃飯、睡覺、讀書，全是以鐘聲為準。鐘聲響了，該熄燈了，晚安。

請您理解我有多遵守規矩——這都多虧了約翰．歌利亞孤兒院的教育。

吉露莎．亞伯特　敬上

致　親愛的長腿史密斯先生

十月一日

親愛的長腿叔叔：

我好喜歡這所女子大學，也好喜歡送我來讀大學的您，我真的非常非常幸福。來到這裡，我一直非常興奮，到晚上還睡不著。我想您應該無法想像這裡跟約翰·歌利亞孤兒院到底有多不一樣。以前我做夢也想不到這世上竟然會有這麼棒的地方，我好同情那些因為不是女孩而無法來這裡的人，我相信您年輕時所讀的大學一定也不像這裡這麼棒。

我的房間位於屋塔。這座塔在新的病房蓋好之前，一直都是傳染病患者的病房。這一層樓除了我以外還有另外三個人，有戴著眼鏡、總是要我們「安靜一點」的大四生，以及另外兩位大一新生——莎莉·馬克白和茱莉亞·拉德瑞茲·潘德爾頓。莎莉有一頭紅髮，鼻子翹翹的，對人非常親切友善；茱莉亞來自紐約名門，對我非常冷淡。她們兩個住同一個房間，我跟大四生都住單人房。

一般來說新生無法住單人房，只有我，明明沒有特別要求卻也分到了單人房。我想應該是學校的職員覺得一般正常家庭長大的女孩不適合跟我這種被父母拋棄的孤女同住一間房吧。從這個角度來看，身為孤兒也是有好處的。

我的房間在西北角，開有兩扇窗，從窗戶看出去的景致相當迷人。十八年來一直跟其他二十二人擠在同一個大房間裡生活，如今能夠單獨擁有一間房，我的心感到十分寧靜。我第一次有機會可以好好了解自己，我想我會越來越喜歡自己。

請問，您喜歡我嗎？

星期二

大一的**籃球**隊剛剛成立了，說不定我也能入選。我的個子雖矮，可是腳程快動作又敏捷，其他人跳起來搶球時，我可以鑽過她們腳邊的空隙下將球抄走。籃球隊的練習非常有趣。下午前往操場時，會看到樹上的葉子都變紅了，空中飄散著篝火的味道，大家一起又笑又叫，看起來非常幸福，而我會是其中最最幸福的。

我很想寫封長信詳細告訴您我在學校的學習狀況（李蓓特太太說您想了解），但第七節課的鐘聲剛響起，我得在十分鐘內換上體育服到操場集合。您也希望我加入籃球隊嗎？

下次我們再聊囉。

吉露莎・亞伯特 敬上

PS.（**九點**）

莎莉剛剛來到我的房間，說：

「我好想家喔，真不知該怎麼辦才好。妳也會想家嗎？」

籃球（第35頁）

兩支隊伍各由五人組成，在球場上傳球、運球，於限定時間內，將球投入己方的籃框即得分，比賽時間結束時，得分高者為勝。

我笑了笑，回答「不會」，我一點也不想家。有人會懷念孤兒院嗎？我想沒有吧。

十月十日

親愛的長腿叔叔：

您聽過中世紀知名的藝術家**米開朗基羅**吧，英國文學課班上的人似乎都聽過他的大名，只有我誤以為是**大天使**而引來全班同學的嘲笑。上大學對我來說最痛苦的地方就是發現很多之前在學校沒學過的事物，經常讓我不知該如何回應。不過，現在大家討論我沒聽過的事情時，我會先保持沉默，之後再自己查百科辭典。

上課第一天，我出了一個大糗，就是課上有人提到**莫里斯·梅特林克**，我以為他也是新生，還傻傻問別

米開朗基羅

一四七五～一五六四年，文藝復興時期義大利天才藝術家，擅長雕刻、繪畫、建築，最知名的作品有大理石像《大衛》和位於西斯廷禮拜堂的壁畫《最後的審判》。

人：「是哪一位同學？」不久這件事便傳遍了整個校園，實在好糗，不過，即使如此我還是覺得自己比班上某些人還要聰明。

您有興趣知道我怎麼布置房間嗎？我巧妙融合了黃色跟咖啡色。我房間的牆壁是暗黃色，於是我買了黃色的窗簾跟抱枕來搭配，再擺進**桃花心木**的桌子（只花三美元就買到的二手貨）、藤編椅和正中央有一塊墨水漬的咖啡色地毯，我將椅子放在那塊污漬上遮住痕跡。

莎莉在大四生的舊品拍賣會上發現了這些好東西。她在一般家庭中長大，懂得如何裝飾房間，幫了我好多的忙。以往手邊只有兩、三毛錢的我，一口氣拿出五美元付款，還有找零，我猜您是無法想像這樣購物的感覺有多美好。我最親愛的叔叔，我真的很開心有零用

大天使（第37頁）
《聖經》中的米迦勒（archangel），拼音與米開朗基羅（Michael Angelo）有些相近。

莫里斯．梅特林克（第37頁）
比利時詩人、劇作家、散文家，一九一一年諾貝爾文學獎得主。

錢能使用。

莎莉的個性開朗好相處，茱莉亞則完全跟我合不來，學務處的人竟會將我們幾個湊在一起，還真有趣。莎莉覺得任何事情都很有意思——就連考不及格也是；相反的，茱莉亞則是凡事都覺得無聊，她也不在乎別人喜不喜歡她，因為她們潘德爾頓家的人覺得她們可以不必接受審判直接就上天堂，茱莉亞跟我簡直就是天生的冤家。

接下來，是您久等的學業報告。

一、**拉丁語**　第二次**布匿戰爭**。漢尼拔的軍隊在特拉西美諾湖邊紮營，趁著敵軍清晨第四次換哨時開戰，羅馬軍撤退。

二、法文　讀二十四頁《三劍客》。

桃花心木（第38頁）

白檀科常綠喬木。樹幹高達三十公尺，木紋美觀，打磨後有光澤，常用來製成家具。

布匿戰爭

西元前二六四年～一四六年，古羅馬和迦太基人為爭奪西西里島引發的戰爭，共有三次，皆由羅馬軍獲得勝利，結果導致迦太基滅亡。

三、幾何學　學完圓柱體，現在正在學圓錐體。
四、英文　學習說明文，我的文章越來越層次分明了。
五、生理學　消化的構造，接下來要學肝臟和胰臟。
我非常認真上課喔。

吉露莎・亞伯特　敬上

PS.

叔叔您最好不要喝酒，酒精對肝臟非常不好。

星期三

親愛的長腿叔叔：

我改名了。學校名冊上雖然依舊是吉露莎，除此之外的地方我都用「茱蒂」。這名字是佛萊迪・帕金斯小時候話還說得不太清楚時，這樣叫我的。

我真心覺得李蓓特太太幫小孩取名字時要更用心一點才是。她總是從電話簿找尋命名的靈感，A開頭的「亞伯特」總是出現在第一頁，她就常取這名字。此外，隨處看到的名字也會拿來用，聽說我的名字吉露莎就是她在某人的墓碑上看到的。其實我一直非常討厭吉露莎這個名字，「茱蒂」就好多了。

茱蒂這個名字有點女性化，跟我是完全不同類型，感覺叫這名字的女孩子會有一雙湛藍的眼睛，自小被家人捧在掌心疼愛，如果我真的是這樣該有多好。不過假裝自己就是這樣長大，似乎也挺有意思——今後就請您叫我「茱蒂」吧。

（晚餐的鐘聲響了，先寫到這兒。）

星期五

哦！我該如何是好？英文老師稱讚我的作業別出心裁，她真的這麼說呢！

十八年來在孤兒院接受教育的我竟然有幸受到這種稱讚。在約翰．歌利亞孤兒院（正如您所知），九十七名孤兒可是全都被當作多胞胎，用一模一樣的方式教育養大。

我想我那一點點的創意應該就是自小在柴房門上畫李蓓特太太的肖像畫時練就的吧。

請不要介意我這樣批評自己從小長大的地方。我也擔心我這樣太過任性，叔叔您隨時會停止對我的資助，那我是不是不該說這些事呢？

對我來說，上大學最困難的地方不是讀書而是玩樂。大家談論的話題我連一半都聽不懂。她們說的那些，除了我之外，其他人好像都知道，我簡直就跟外國人沒兩樣。

這種感覺真的很糟糕，之前也曾發生過。我高中的時候，有天班上同學全都聚在一起一直盯著我看，他們讓我覺得我看起來跟別人不一樣，顯得格格不入，臉上似乎寫著「約翰・歌利亞孤兒院」。有些心地善良的人會刻意接近我，親切的跟我說話，可是我卻討厭他們每一個人，尤其是那些特別親切善良的。

在這裡沒有人知道我在孤兒院長大。我告訴莎莉我父母雙亡，有一位好心的老紳士送我來上大學——不過這不算說謊吧。我不希望您覺得我是個卑鄙的人，我只是希望跟大家一樣而已。畢竟我只有在孤兒院長大的回憶，跟其他人相比，真的太「與眾不同」了。

如果能夠忘記那些不愉快的記憶，我也能夠跟其他人一樣成為受人喜愛的女孩吧。除了在孤兒院長大這一點，我覺得自己跟她們本質上並沒有什麼不同。

總之，莎莉非常喜歡我。

（吉露莎）茱蒂・亞伯特　敬上

星期六　早上

剛剛我重讀了上一封信，實在太黑暗了，可是我星期一必須交作業，還得複習幾何學，更糟的是我還感冒了，沒辦法重寫一封，請您諒解。

十月二十五日

親愛的長腿叔叔：

我獲選進入籃球隊了，很快的左邊肩膀因為碰撞而有了淤青，看起來是藍色中帶有咖啡色，形成了橘色的橫紋。茱莉亞也想進籃球隊，可惜落選了。

沒錯，我就是這麼小心眼。

大學生活越來越精采，無論是朋友、老師、上課、校園、食物，我統統都喜歡。一週可以吃到兩次冰淇淋，而且完全沒有玉米粥這類可怕的食物。

我知道您一個月只想讀一次我的信，我不該三天兩頭就寫信煩您，可是這裡的新生活有如冒險，實在太令人興奮了，我真的很想跟別人分享這一切，而我認識的人就只有您。

請您原諒我的多話，我想不久之後我就會變得穩重一點。如果您覺得我一直寫信很煩，請您把信丟到字紙簍裡去吧。

跟您約定，十一月中旬之後我再寄信給您吧。

愛說話的茱蒂・亞伯特　敬上

十一月十五日

親愛的長腿叔叔：

我應該還沒跟您提過我的衣服吧？我總共有六件衣服，每一件都又新又漂亮，統統都是為了我一個人買的——不是別人不要的舊衣服。每一件新衣都是叔叔送給我的，真的非常感謝您。您知道對孤兒來說這是多棒的事嗎？能夠上學固然幸福，而能擁有六件新衣服更是幸福中的幸福。這些衣服都是普利查德小姐為我挑選的，我很慶幸不是李蓓特太太。

它們分別是粉紅色的絹製**晚禮服**（穿上這件晚禮服的我非常漂亮）、上教會時的藍色洋裝、參加茶會的洋裝，東洋風的綴飾、外層是紅色薄紗的禮服（穿起來就像**吉普賽**女郎），除此之外還有玫瑰色的洋裝和外出用

晚禮服

女性在晚宴時穿的禮服。裙長，無袖無領，露出胸口與肩膀。

的灰色套裝，當然也有平常上學穿的衣服。對茱莉亞來說，這幾件衣服根本微不足道，但是對我而言，能夠擁有這些衣服卻是無上的感動。

您會不會覺得我小題大作？甚至覺得讓女孩子受教育根本是浪費呢？如果叔叔打從一出生就只能穿著格紋棉布，相信您一定可以體會我的心情，況且我高中時代的情況比只能穿棉布更加悲慘。

那時我的衣服全都來自慈善舊衣箱。

您知道穿著回收的舊衣服去學校有多痛苦嗎？我想您恐怕不能理解。當時我肯定就坐在那件衣服原本的主人身旁，因為我聽到大家竊竊私語，嗤嗤偷笑，指著我的衣服說「就是那一件」。就算今後能夠穿上絹製絲襪，我那時心中所受的傷也不會消失吧。

吉普賽

也稱為羅姆人。為居無定所，四處移動生活的民族。起源於印度西北部，以歐洲為中心，散布在西亞、非洲等處。通常是一個家庭或數個家庭聚集在一起，以帳篷為家。職業大多為樂師、鐵匠、占卜師、金工或木工藝匠等。

戰地現況報告

十一月十三日第四哨換守時漢尼拔將軍擊潰羅馬大軍的先遣部隊，率領迦太基人翻越山嶺挺進卡西利農平原，羅馬大軍元氣大傷只好撤退。

以上是記者茱蒂・亞伯特來自前線的特別報導。

PS.

我知道叔叔不會回覆我的信，但可否請您回答下列這些問題就好？

叔叔的年紀很大嗎？還是稍微年長呢？

還有，您的頭是全禿，還是只有一點點禿呢？

每次要想像您的模樣，就像思考幾何學的定義般困難。

引頸期盼您的回信。

十二月十九日

親愛的長腿叔叔：

依舊沒有接到您的來信。

我問的問題真的很重要。

您是禿頭嗎？

我想試著畫想像中的叔叔，但才畫到頭部就畫不下去了。我無法決定您是黑髮、夾雜著白髮的灰髮或是完全沒有頭髮。這是您的肖像畫，問題是我要不要加些頭髮上去呢？您想知道您畫中眼睛的顏色吧？您的眼睛是灰色的，眉毛長長的垂下（就像毛毛蟲一樣），嘴唇則歪成了ㄟ字形。

我畫得很像吧？我想您應該不是脾氣暴躁的老先生。

（禮拜的鐘聲響了。）

晚上九點四十五分

我訂立了一條新規則，我決定就算隔天早上有再多考試，晚上也絕對不用來唸書，這段時間我要用來閱讀一些簡單的小說。我必須要這麼做，因為十八年來我從未這麼做過。

那些在家裡長大、有朋友陪伴、身邊有書本環繞的少女，她們所知道的事情我全都不懂，像是**《鵝媽媽童謠》**、《塊肉餘生記》、《撒克遜英雄傳》、《灰姑娘》、《藍鬍子》、《魯賓遜漂流記》、《簡愛》、《愛麗絲夢遊記》……這些作品我全都沒讀過，還有亨利八世曾經再婚、雪萊是詩人、人類以前是猴子、伊甸園是出自美麗的神話，這些事情我都不知道，也沒看過**蒙娜麗莎**的畫。

鵝媽媽童謠

英國流傳已久的童謠集。音調簡單內容豐富，現今仍廣受孩童喜歡。

蒙娜麗莎

達文西在文藝復興時期創作的著名肖像畫。現藏於法國羅浮宮。

現在我最期待的就是夜晚，我會在門口掛上「讀書中請勿打擾」的牌子，穿著美麗的紅色睡袍以及綴有毛皮的拖鞋，把所有抱枕都堆起來，沉浸在書海。不是一次讀一本，而是最多同時讀四本喔。

整個學校裡就只有我一個人沒讀過《小婦人》。我從上個月的零用錢拿出了一塊十二分，悄悄買了這本書來讀，下次有人說到「鹽漬萊姆」時，我就能知道她在說什麼了。

星期日

下週就是聖誕假期，宿舍走廊上塞滿行李，幾乎是寸步難行。我和德州來的另一名大一生留在學校，我們決定去遠足，要是湖面結冰，就去溜一下冰，當然也要讀書。我打算好好享受長達三個禮拜的假期。

再會，祝您幸福平安。

茱蒂 敬上

PS.

請您別忘了回覆我的問題。如果您覺得回信很麻煩，那麼請您的祕書發電報回我也可以。只要寫「史密斯先生是禿頭」、「史密斯先生不是禿頭」、「史密斯先生是白髮」即可。電報費用二十五分錢請從我的零用錢裡扣掉。

我一月再寫信給叔叔囉，祝您聖誕快樂。

聖誕節假期即將結束時

親愛的長腿叔叔：

叔叔住的地方也下雪了嗎？我這裡現在一片白皚皚呢。

謝謝您送了五枚金幣給我。我從未收過聖誕禮物，收到時著實嚇了好大一跳。叔叔已經給了我很多東西，我所擁有的已全都是您給的，沒想到您又給了我金幣。不過我還是非常高興，現在就讓我告訴您我用那筆錢買了什麼吧。

一、裝在皮盒裡的銀表。只要戴著表，上課就不會遲到了。

二、馬修・阿諾德的詩集。

三、熱水袋。

四、蓋在膝蓋上的防寒毯。（我居住的塔樓很冷呢。）

五、五百張黃色稿紙。（我要朝作家之路前進囉。）
六、字典。
七、（這個禮物說出來真有點不好意思呢。）一雙絹製的絲襪。

這些就是我買給自己的禮物。

之所以會想買絲襪，實在是出於很無聊的動機。之前茱莉亞來我房間時，都會交叉著雙腳坐在我的躺椅上。這陣子，她每晚都穿著絲襪。我決定假期結束後，也要去茱莉亞的房間，穿著絲襪坐在她的躺椅上。這樣的念頭是不是很可悲？但是，至少我能夠坦白說出來。反正叔叔應該從我在孤兒院的紀錄就知道我其實不是太乖巧吧。

我把這七樣禮物放進箱子，假裝是從加州老家寄來的禮物。手表是爸爸送的、防寒毯是媽媽送的、熱水袋是奶奶送的、黃色的稿紙是弟弟哈利送的、姊姊伊莎貝爾送我絲襪、蘇珊姑姑送我詩集、哈利叔叔送我字典。

叔叔您一個人就扮演了我全家人，請您千萬別拒絕這些角色的安排。

接下來，向您報告我這個耶誕假期發生的事情。

來自德州的那位同學叫做蕾奧諾拉．芬頓。（名字跟吉露莎一樣奇怪吧。）雖然不像莎莉那麼可親，但我也挺喜歡她的。

蕾奧諾拉和我以及另外兩名大二生，每逢晴朗的日子都會去鄉間小路散步，順便到附近探險。散步時，我們穿著短裙和毛衣，手拿擦得晶亮的**手杖**。

有一次，我們走了六公里半到城裡，順道去了學校的人經常光顧的餐廳，吃了烤蝦（三十五分錢）、甜點，以及淋了糖漿的蕎麥蛋糕（十五分錢）。這些食物的價格合理又營養滿分。

手杖

即拐杖，輔助步行用。十八世紀流行將手杖當成隨身裝飾，也視為地位的象徵。

出門逛街真的是很有趣的體驗，對我而言更是特別。外面的世界跟孤兒院大不相同，每次走出校園，我都覺得自己像是偷跑出監獄的犯人，好幾次就要脫口喊出：「這真是太棒了！」差點就要洩漏祕密，真是嚇得我冷汗直流。

上星期五，費格森樓的舍監老師舉辦了糖果派對，邀請其他棟宿舍留下來的人。包括大一到大四生在內，總共聚集了二十二人。大廚準備了二十二套白帽子和圍裙，讓我們變身成為廚師，教我們做糖果。

我們的手藝不怎麼高明，身上、廚房和門扉到處都弄得黏答答的。完成後大家排成一列，穿著圍裙拿著叉子和平底鍋，往教職員辦公室前進。

辦公室有五、六位教師，正靜靜享受著午後的悠閒時光。

我們唱著校歌，獻上了糖果。

叔叔，您看，我的畫作進步了吧。您現在會不會改變主意，不讓我當作家，改讓我當畫家呢？

假期再兩天就結束了，我很期待見到朋友們。

這封信長達十一頁，想必您看得都累了吧。原本我想寫封短信跟您道謝，沒想到一動筆就再也無法停下來了。

那麼，我就此擱筆吧。謝謝您還想到了我。二月的考試讓我有點緊張，但現在的我真的覺得非常幸福。

滿懷敬愛之情的茱蒂　敬上

考試前夜

親愛的長腿叔叔：

真想讓您看看我們全校學生用功讀書的模樣，這陣子我忙到幾乎忘了之前曾有過悠閒的聖誕假期。

這四天內我總算記住了五十七個不規則動詞，希望到考試那天都不要忘記。

今晚茱莉亞來我房間玩，待了整整一個小時。她不停炫耀自己的家庭背景，還一直想要打聽我媽媽婚前的姓氏——對來自孤兒院的人問這種問題未免也太失禮了。我覺得自己很悲慘，隨口胡謅是蒙哥馬利，沒想到茱莉亞還追問我是麻州的還是維吉尼亞的蒙哥馬利家族。

茱莉亞的母親是拉茲佛德家的人，聽說這個家族的祖先曾搭上**諾亞方舟**，還是亨利八世的姻親。

照這個方式去追溯，她父親那邊的祖先甚至可以追溯到比**亞當**更早之前。茱莉亞的祖先一定是隻全身有絲緞般絨毛，尾巴特別長的漂亮猴子吧。

今晚我原本想寫封有趣的信，但現在實在太想睡了，而且腦袋裡又都是令人煩心的考試——我想每個大一生都是這樣子吧。

考試前夜的茱蒂・亞伯特　敬上

諾亞方舟

出自《舊約聖經》。上帝為懲罰墮落的人類，引發了一場大洪水，誠實正直的諾亞與其家人，帶著多種動物搭乘方舟，因而獲救。

星期天

溫柔的長腿叔叔：

我有個很糟糕的消息要告訴您。不過在說壞消息之前，我想先讓叔叔開心。

吉露莎・亞伯特終於成為作家了。〈從我的高塔望去〉這首詩登載在校刊的首頁，這可是莫大的榮耀。昨晚從教堂走出來時，英文老師說那首詩的第六行雖然不夠好，但瑕不掩瑜，仍是一篇很棒的作品。如果您願意一讀，我再將這篇作品寄給您。

還有什麼有趣的事情呢？

對了，我學了溜冰，且溜得很好呢。其他還有學會從體育館天花板的繩子滑下來，跳高也可以超過一公尺，不久應該可以跳過一公尺二十公分。

亞當（第59頁）

《舊約聖經》中的人物，是上帝創造的第一個人類。

我想跟您分享今天早上阿拉巴馬主教說的一段令人難忘的傳道：「不想被人武斷批判，就不要武斷批評別人。我們應該寬容看待他人的犯錯，不可嚴厲批判他人。」

好吧，接下來應該告訴您壞消息了。叔叔您現在心情還好嗎？我的數學跟拉丁文不及格。一想到叔叔會因此失望，我就覺得難過，要不是得顧及到您的心情，其實我不太在意考不及格。因為在這裡我學到了很多無法透過成績評分的事。我讀了十七本小說以及大量的詩歌，像是《愛麗絲夢遊仙境》和《羅馬帝國衰亡史》第一卷等等。

正如我之前所說的，比起埋頭苦讀拉丁文，在其他方面我學到了更多的東西。我保證今後不會再考不及格，這一次就請您原諒我吧。

發自內心感到抱歉的茱蒂　敬上

親愛的長腿叔叔：

這封是月中臨時增加的信件。今晚我莫名感到寂寞，風雪猛烈吹入我所居住的高塔。

今晚我請了莎莉、茱莉亞還有蕾奧諾拉吃飯。晚餐有油漬沙丁魚、烤馬芬、沙拉，還有巧克力牛奶蛋糕與咖啡。莎莉幫忙洗碗，茱莉亞只口頭上道謝說她玩得很開心。

今夜此時這樣的時刻應該用來苦讀拉丁文才是，但我還是偷懶了。

叔叔，您可以當我的奶奶一陣子嗎？莎莉有奶奶，茱莉亞則是奶奶、外婆都健在，今晚大家都在比自己的奶奶有多好，我突然好想好想要有個奶奶，願意用任何東西交換——昨天在城裡，我看到一頂飾有紫色蝴蝶結的蕾絲帽，我想買下那頂帽子當作奶奶八十三歲的禮物。

教堂的鐘剛剛敲響了十二下，我也睏了。

親愛的奶奶，晚安。

發自內心愛您的茱蒂　敬上

四月二日

親愛的長腿叔叔：

我竟然沒發現自己得了扁桃腺炎、感冒和其他大大小小的病痛，必須住院六天。

我就像這幅畫，得用繃帶包住下顎，在頭頂綁一個結，看起來就像隻兔子。叔叔也覺得我很可憐吧？我的舌下腺腫得好大，要是起來坐太久，就會頭暈得厲害。

茱蒂・亞伯特敬上

四月四日　寫於醫院

給我親愛的叔叔：

昨天黃昏天將黑，我坐在病床上，看著外面下個不停的大雨，覺得有點厭世。此時，護士小姐拿了一個白色的細長盒子給我，盒內裝滿了美麗的粉紅色玫瑰花苞。更令人高興的是，裡頭有一封字體微微朝右上揚，言詞親切的手寫信！

叔叔，真的非常非常感謝您。

叔叔送給我的花是我有生以來第一次收到的真正禮物。如果您想知道我有多麼孩子氣，讓我告訴您，我甚至因為太過高興就連睡覺時也流下了開心的淚水。

這下子我可以確定叔叔都會讀我寫的信，今後我會更用心寫信給您，保證精采到您會將那些信用紅色緞帶綁起來，珍藏在保險箱裡。

謝謝您撫慰了因重病而意志消沉，甚至覺得悲慘至極的大一生，您讓我開心到恍若重生。

再見——知道叔叔是真實存在的，今後我不會再拿這個問題煩您了。

叔叔，您現在還會討厭女孩子嗎？

您永遠的茱蒂　敬上

星期四　從教堂回來

叔叔，您知道我最喜歡的書是哪一本嗎？我喜歡的書大約每隔三天都會換一次，現在我的最愛是《咆哮山莊》。

艾蜜莉・勃朗特寫這本書時還非常年輕，她終生未離開過哈沃斯教區，也不曾認識任何男性，為何可以寫出希斯克利夫這樣的男子呢？

明明我也很年輕，而且從未離開過約翰・歌利亞孤兒院——一樣的條件我也該成為知名作家才對，可是將來萬一我無法成為大作家，也請您不要失望。

啊！

聽到這聲慘叫，莎莉和茱莉亞還有走廊另一邊的人四生都跑了過來。都是這幅畫裡的大蜈蚣害的。

當我寫完前面那一行，心想接下來要寫什麼的時候，啪！突然有一隻大蜈蚣掉到我身邊，我要逃跑時不小心打破小桌上的兩個杯子。莎莉一把抓我的梳子，用背面打死那隻蜈蚣——我今後不會再用那把梳子了——蜈蚣前半已經僵直不動，仍用後半部剩下的五十隻腳逃到了衣櫃下方。

這間宿舍很老舊，整面牆壁爬滿了**常春藤**，所以有很多蜈蚣。蜈蚣真的是非常噁心的蟲子。比起蜈蚣，我倒寧願從床底下突然鑽出來的是一頭老虎。

再會。

茱蒂　敬上

常春藤

常見的綠化造景植物。莖上有許多氣生根，可攀附牆面、樹木岩石等，適合做為建築室外垂直綠化，也可小盆栽植，置於室內裝飾。

五月二十七日

親愛的長腿叔叔：

我收到了李蓓特太太的信，說希望我在學校表現良好，成績優異。她還說，這個夏天如果我沒有別的地方可去，可以回到孤兒院幫忙，到開學前的期間她可以提供食宿。

我最討厭約翰．歌利亞孤兒院了，與其回去那裡，不如乾脆讓我死了算了。

吉露莎．亞伯特 敬上

親愛的長腿叔叔：

我最最溫柔的叔叔，非常感謝您要送我去農莊渡假，至今我從未去過農莊呢。我真的不想再回到約翰．歌利亞孤兒院，整個夏天都關在那裡洗盤子。那樣的話，我想一定會發生很可怕的事情，我現在的動作已經不像從前那樣小心翼翼，真的很怕孤兒院的碗盤全都被我摔破。

很抱歉這封信寫得如此簡短，無法詳細讓您知道我的生活狀況，現在我正在上法語課——我覺得老師快要點名叫我回答問題了。您看，老師果然點我了。那麼，我再寫信給您。

很愛很愛您的茱蒂　敬上

五月三十日

親愛的長腿叔叔：

叔叔您曾看過這裡的校園嗎？五月的校園簡直就美得像天堂。

樹上長滿花朵與綠葉；綠色草皮上盛開黃色蒲公英，草皮上到處是身穿藍色、粉紅色、白色洋裝的少女，每個女孩子都顯得神采奕奕。暑假就要到了，大家都不把接下來的考試放在心上。

怎麼會如此幸福呢？而我正是其中最最幸福的那一個。

我離開了孤兒院，不再是別人的保母、打字員或是記帳員（如果沒有叔叔，我很有可能會成為其中之一）。

我很想跟分享您校園的所有事情，如果叔叔您前來拜訪，我很樂意帶您參觀：「那棟建築是圖書館，這裡是瓦斯設備。叔叔您看，右邊的**哥德式建築**是體育館……」若能如此為您介紹校園，不知該有多好。

我很會導覽喔。從前在孤兒院的時候也是由我負責

哥德式建築

十二～十五世紀盛行於歐洲的建築風格，源自法國，最大特徵是尖尖的塔頂。

向來賓介紹。不久前，我才花了一整天向別人介紹了我們的校園。是真的，而且對方還是一位男士呢。

之前我從未跟男性說過話（只跟董事們說過，應該不算吧）。這樣說，對叔叔似乎太失禮了。

我想叔叔一定也是那群董事裡的一員吧。每位董事都胖胖的，看起來很有威嚴也很仁慈，會摸摸小孤兒的頭，手上的懷表都別上了金鍊子。

看起來簡直就跟**金龜子**一樣嘛！這是我眼中其他董事（不包括叔叔您）的樣子。

那麼，我繼續說下去喔。

我和那名男性漫步校園、談天、喝茶，他是一位很棒的紳士——茱莉亞家族裡的傑比

金龜子
金龜子科昆蟲的總稱。身體帶有光澤，長約兩公分左右。成蟲食用植物的葉子，幼蟲則是以農作物的根部為食的害蟲。

斯·潘德爾頓先生，是茱莉亞的叔叔（他跟您一樣也是高個子）。

他有事而來訪這座城市，順便探望他的姪女，不過茱莉亞跟他不太熟。潘德爾頓先生只看過嬰兒時期的茱莉亞，之後就沒怎麼往來了。

那位紳士坐在會客室裡，彬彬有禮的摘下帽子跟手套，一旁放著手杖。茱莉亞跟莎莉第七節還有課要上，所以茱莉亞拜託我這段時間為她叔叔介紹一下校園。

起初我不是很樂意，畢竟我對潘德爾頓家的人實在沒什麼好感。

但是，傑比斯先生非常有禮，一點也不像是高傲的潘德爾頓家的人，是位溫暖有人味的紳士。我也好想要有個叔叔喔！叔叔，您願意成為我真正的叔叔嗎？

潘德爾頓先生讓我想起了二十年前的叔叔，我雖未曾與您見面，但我就是知道您的樣子。

潘德爾頓先生個子很高，身材瘦削，膚色微黑，嘴角總是帶著淺淺的笑容。他很親切，感覺像是我已經跟他認識了很久。

我們從中庭走到操場，走遍了校園的每一處。後來他說有些累了，想要去餐廳休息。

然後我們兩人坐在戶外露台的座位，享用了紅茶與馬芬、橘子果醬和冰淇淋還有其他糕餅。時逢月底，大家零用錢都快見底了，整個餐廳空蕩蕩的，只有我們兩人。

我們聊得非常愉快。後來潘德爾頓先生要趕火車，沒有辦法留下來跟茱莉亞好好聊天，茱莉亞非常氣我搶走了她有錢又慷慨的叔叔。知道他是個有錢人之後，我著實鬆了一口氣，因為我們喝的下午茶，光是一個人就要六十分錢呢。

今天早上，他派人送了三盒巧克力給茱莉亞、莎莉還有我。您猜怎麼著？這可是我第一次收到男性送的甜點耶。

這讓我覺得我不是遭人遺棄的孩子，而是某戶人家的大小姐。

如果有一天叔叔能來拜訪我，跟我一起喝茶，讓我看看您會不會是我喜歡的人，那該有多好啊。可是，萬一我不喜歡您就糟糕了。不過，我相信我一定會喜歡您的。

讓我恭恭敬敬對您說一聲：「我絕對不會忘記叔叔對我的好。」

茱蒂　敬上

PS.

今天早上照鏡子時，我突然發現自己原來有一個酒窩呢。真神奇！這個酒窩是怎麼來的呢？

六月九日

親愛的長腿叔叔：

今天是愉快的一天。就在剛剛，我考完了最後一場考試——生理學。接下來我就要去農莊渡過三個月的假期了。

我不知道農莊是什麼樣子，也從不曾去過農莊（從火車車窗看過不算），我想我一定會喜歡那裡，並享受自由自在的生活。

我一直覺得自己還沒有脫離約翰・歌利亞孤兒院，總覺得李蓓特太太會突然追上來，把我強行拖回孤兒院，所以我時時回頭查看，必要時得拔腿飛奔逃離。

這個夏天我終於可以不用看任何人的臉色了吧。

我已經是個大人了，太棒了！

等一下我就要來打包，要在三個箱子裡塞入茶壺、盤子、抱枕和書。

再會！

茱蒂　敬上

PS.

隨信附上我的生理學考卷，請叔叔寫寫看是否能及格？

來自洛克威勒農莊的信

星期六晚上

我最親愛的長腿叔叔：

我剛剛抵達農莊了。行李還沒打開，我就想盡快讓您知道我有多麼喜歡這座農莊。這裡真是猶如天堂般夢幻，房子長得像畫中這樣，是棟四四方方的古老建築。

這棟建築物應該有一百年的歷史吧，房子兩側還有陽台，不過我畫不出來。像雞毛撢子的是楓樹；通往玄關的道路兩旁那些尖尖刺刺的是松樹和鐵杉。房子位於山丘上，隔著綿延數公里的牧場，可以看到遠方層層相疊的群山。康乃狄克州的地形猶如波浪起伏，而洛克威勒莊園正好就在波峰上。

這座農場的成員是猶如天使般善良的一對老夫婦、女傭以及兩名雇工。女傭和雇工在廚房吃飯，山普魯夫婦和我則在餐廳用餐。晚餐我們吃了火腿蛋、餅乾、蜂蜜、果凍蛋糕、鹹派、醋漬蔬菜、起司和紅茶。我們邊吃邊聊，我從沒有像這樣逗人開心過，無論我說什麼他們都覺得很有趣，可能是我未曾到過鄉間，以致於提出的每個問題聽起來都很好笑吧。

畫中打「×」的地方，不是殺人事件的案發地點喔，那是我的房間。房間非常寬敞，方方正正，裡面有許多美麗的骨董家具，窗戶要用棍子撐開，上方有老舊的鑲金線綠色遮陽棚，除此之外還有一張大大的桃花心木桌子，這個夏天我打算在這張桌前埋頭寫小說。

啊——叔叔，我好期待喔。這裡的每個地方我都想逛逛，可是離天亮還有好久，現在才晚上八點三十分，我打算吹熄蠟燭睡覺了，這裡的人都是早上五點起床。您說這世上怎麼會這麼令人愉快呢？我真的不敢相信這是我在過的日子。感謝叔叔和上帝，給了我逾越身分的幸福。為了報答您的恩惠，我一定要成為很棒的人。我一定會成為這樣的人，請您拭目以待。

晚安。

茱蒂　敬上

PS.

我好想讓您聽聽青蛙嘓嘓的歌聲，還有小豬的尖叫聲，也想讓您看看這裡皎潔的新月。我今天也依照習俗背對著新月，轉頭讓眼神越過右肩朝著月亮許願。

在洛克威勒農莊

七月十二日

親愛的長腿叔叔：

為什麼叔叔的祕書會知道洛克威勒農莊這麼棒的地方呢？（我真的很想知道）我之所以會這麼問，是因為這座農莊原本是傑比斯・潘德爾頓先生的產業，後來送給了他的保母，也就是山普魯太太。世上怎麼會有這麼奇特的巧合呢？

山普魯太太總是「傑比少爺」不離口，不停告訴我他是多麼可愛的小少爺。到現在她手邊還留著裝有小少爺胎髮的盒子。頭髮的顏色是紅色，用偏紅來形容更精準。

當她得知我認識潘德爾頓先生，突然對我推心置腹起來。認識潘德爾頓家的人，在洛克威勒等於是最棒的推薦信。而且，傑比少爺是潘德爾頓家中最高貴的人——知道茱莉亞她們家只是潘德爾頓家身分較低的旁系，我覺得很開心。

農莊生活越來越有趣，我還坐過上頭堆滿乾草的馬車。這裡有三隻大豬和九隻小豬，真想讓叔叔您看看豬吃東西時的樣子呢。

還有很多小雞、鴨子、**火雞**和**珠雞**。我實在無法理解像叔叔這樣明明可以在農莊生活卻要住在都市的心情。

我的工作是撿雞蛋。我昨天試圖爬進黑羽雞的巢穴，不小心從倉庫的閣樓摔了下來。我拖著受傷的膝蓋回到主屋，山普魯太太幫我在傷口塗**金縷梅汁**包紮，一邊說著：「唉呀，傑比少爺也曾經從同樣的地方掉下

火雞

雉雞目的鳥類。頭部到頸部的皮膚在興奮時會變成紅色或藍色。烤火雞是西方在聖誕節和感恩節時必吃的傳統料理。

來，剛好也傷在膝蓋的同一個地方，感覺就像是昨天剛發生的事情呢。」

我們一週會製作兩次奶油。做好的奶油就收在冷藏小屋裡，小屋下方有一條小河流過。這裡總共有六頭小牛，我各自幫牠們取了名字：

一、席薇亞——意思是森林，因為牠在森林出生。
二、蕾絲比亞——取自古羅馬詩人卡圖盧斯詩中的主角之名。
三、莎莉。
四、茱莉亞——沒什麼特色的雜色牛。
五、茱蒂——我的名字。
六、長腿叔叔——叔叔您不會生氣吧。這頭小牛是純正的澤西牛，非常可愛，所以我為牠取這個

珠雞
雉雞科，大小如雞的鳥類。主要飼養來食用或賞玩。

名字。

農莊工作實在太忙碌，以致於我的大作至今都還沒動筆呢。

您永遠的茱蒂　敬上

PS. 我學會怎麼做甜甜圈了。

PS(2). 叔叔如果想要養小雞，我建議您養淺黃色的矮腳雞，這種雞不會掉毛。

金縷梅汁（第80頁）

金縷梅科落葉灌木。生長於山間，春初會開出絲帶狀的四瓣黃花。樹皮、樹枝與葉子可萃取汁液做為藥用，治療瘀傷、割傷、腫脹等。

PS(3).

如果我能把昨天做的奶油寄給您就好了，我做的很好吃呢！

PS(4).

這是未來的大作家吉露莎・亞伯特女士趕牛回家的示意圖。

星期日

親愛的長腿叔叔：

發生了一件不可思議的事。昨天下午我正想寫信給您，才剛寫到「親愛的長腿叔叔」，突然想起我答應山普魯太太要幫忙摘晚餐要吃的**黑野莓**，於是把紙筆擱在桌上就出門了。回家後，您猜猜信紙的正中央有什麼？是一隻真的長腿蜘蛛耶。

我輕輕抓起牠的一隻腳，將牠放到窗戶外。無論如何，我都不應該殺死牠，因為牠讓我想起了叔叔。

我今天早上搭馬車跟山普魯夫妻去村裡的教堂。教堂是一棟小小的白色建築物，正面有三根**多立克式**的柱子（也有可能是**愛奧尼柱式**，我總是分不清楚）。

傳道內容令人舒服得想入眠，大家都昏昏欲睡，猛搧著棕櫚葉扇。

現在是星期日下午。

阿馬賽（雇工）打著紫色領帶，戴著鮮黃色的皮手套，曬紅的臉上鬍子刮得乾乾淨淨，駕馬車載著凱莉（女僕）出門。凱莉身穿藍色細棉洋裝，鬢髮上戴的是綴滿玫瑰花的大帽子。阿馬賽從一早就忙著整理馬

黑野莓（第83頁）
薔薇科樹莓類植物。秋季會結出酸味極重的黑色果實，經常用來製作派餅。

多立克式
古希臘藝術的建築樣式之一。強而有力的陽剛風格。

車。凱莉說她要忙著準備晚餐，無法和大家一起上教堂，其實她是在用熨斗燙她的洋裝。

再過兩分鐘，我就要結束這封信去閱讀在閣樓發現的書。那本書的名字是《追蹤》，扉頁上有以孩子氣的字跡寫著：

如果這本書迷路了，請賞它兩巴掌讓它乖乖回家。

傑比斯・潘德爾頓

聽說是潘德爾頓先生十一歲時，病癒後來這裡休養，渡過整個夏天，回家時留下了書。看樣子他很愛讀這本書，書上布滿髒污，都是翻閱後留下的痕跡。

屋頂閣樓裡還有小水車和風車，五、六枝箭。聽山

愛奧尼柱式（第84頁）

與多立克式齊名的希臘藝術建築樣式，風行於愛奧尼地區，相較於多立克式，偏纖細優美。

普魯太太聊了太多傑比少爺的事情，我總覺得他還在那裡——不是頭戴**絲質禮帽**，手拿拐杖的成人潘德爾頓先生，而是會登登登跑上樓梯，紗門總是忘了關，一天到晚跟人要點心的鬈髮少年。他喜歡冒險，是個勇敢正直的好孩子。我實在很遺憾傑比少爺竟然是出身自潘德爾頓家，否則我相信他一定能成為一個更好的人。

明天要**脫麥殼**。蒸汽引擎的脫穀機和雇工都來了。

有個不好的消息告訴您，母牛金鳳花（蕾絲比亞的媽媽）做了一件可笑的事。星期五傍晚，牠潛入果園，吃了樹上的蘋果。牠吃得太多，這兩天一直處於酒醉的狀態。真的，我沒有騙您，真是讓人不忍卒睹。

您最疼愛的孤女茱蒂・亞伯特　敬上

絲質禮帽

男士穿正式禮服時戴的絹製圓桶帽。發源於十八世紀末的英國。正式的顏色是黑色，也有灰色、褐色、白色等色。

PS.

《追蹤》的第一章是**印地安人**，第二章是山中強盜，不知道第三章會出現的是誰呢？「印地安人躍到半空，落地而亡。」這段話是卷首的摘文，叫茱蒂和傑比怎能不著迷？

九月十五日

叔叔，我在柯南茲先生的雜貨店內麵粉秤上量了體重，發現我胖了四公斤。洛克威勒真的是最適合休養的聖地。

您最忠誠的茱蒂　敬上

脫麥殼（第87頁）

將割下的麥穗投入脫穀機，以除去麥子外殼的作業。本故事發生的二十世紀初，自動脫殼機才問世不久。現代的收割和脫殼兩種機器已合而為一，作業起來更加方便。

印地安人

歐洲人進入美洲大陸前，居住於當地的原住民。哥倫布於一四九二年到美洲大陸時，誤認為是印度的一部分，所以如此稱呼當地的原住民。為了與印度人區別，又稱為美洲印地安人。

成為大二生

九月二十五日

親愛的長腿叔叔：

上週五我回到學校，正式成為大二生囉。離開洛克威勒農莊雖難過，可是再回到校園也令人開心。學校終於也成了我心目中的家，感覺輕鬆多了。我總算可以自在的面對孤兒院以外的世界——不再是因為他人的慈悲接納我進入這個世界，而是已經真正融入大家。

我想叔叔一定聽不懂我到底想說什麼。像您這樣位居高位的人，怎麼可能理解我這個微不足道的小孤女的心情。

叔叔，您知道我跟誰住在同一間房嗎？是莎莉還有茱莉亞喔。是真的，我們有共同的書房和三間單人寢室。

今年春天，莎莉決定要跟我住在一起，然而茱莉亞想跟莎莉住在一起，於是就變成三人同房了。我不知道為什麼茱莉亞會這麼黏莎莉，她們兩人根本沒有任何共通點，我想也許是潘德爾頓家的人生性保守，討厭改變吧。

總之，我們三人住在一起。來自約翰．歌利亞孤兒院的吉露莎竟然跟潘德爾頓家的人同住，美國果然是個民主的國家啊。

莎莉登記為學生會長候選人，如果情勢沒有突然逆轉，她應該會當選吧。投票日是這個星期六，那天晚上，不論誰成為學生會長，學校都會舉辦**火把**遊行。

我開始上化學課了，那真是很奇特的學問。

另外我還選修了辯論跟邏輯學，還有世界史，**威廉．莎士比亞**的戲劇，以及法語。

學個幾年，我也會成為知識淵博的人吧。其實比起法語我更想選修的是經濟學，卻無法下定決心報名。因為我覺得要是不多選修一年法語，這次老師不會讓我及格——六月的考試我也是好不容易才及格。

火把

燈火照明工具。將枯松枝樹脂較多的部位與竹子、蘆葦、茅草綁成一束，在前端點火，用以照明。

威廉．莎士比亞

一五六四～一六一六年，英國詩人、劇作家。創作出許多傑出的戲劇經典，尤其以《哈姆雷特》、

班上有一位同學的法語非常流利，她小時候隨父母到國外生活，曾在法國的**修道院**學校唸了三年，可想而知她的法文有多好吧——不規則動詞對她來說簡直就像玩遊戲般易如反掌。如果當初我的爸媽不是將我丟在孤兒院，而是法國的修道院該有多好啊。不對，這可不行，這樣一來，我就無法認識叔叔了。比起說得一口流利的法文，我覺得能遇見叔叔是更幸福的事。

晚安，等一下我要去拜訪哈麗葉．馬汀，跟她聊聊化學，然後不動聲色的討論一下學生會長選舉。

從事政治運動的J．亞伯特　敬上

《奧賽羅》、《馬克白》、《李爾王》四大悲劇最知名。

修道院
基督教的修士或修女，一起生活、修行的地方，工作內容主要是主持禮拜、祈禱等。有些修道院也經營醫院或學校。

十月十七日

親愛的長腿叔叔：

如果體育館的泳池裡裝的是不是水而是滿滿的檸檬果凍，您想游泳的人會浮起來還是沉下去呢？

今天餐後點心是檸檬果凍，於是有人提出這樣的問題，我們討論了三十分鐘依然沒有結論。莎莉覺得還是可以游，我認為再怎麼擅長游泳的人都會沉下去。在檸檬果凍中溺水，您不覺得很有趣嗎？

除此之外，我們還討論了兩件事。

第一，八角形房子裡面的房間，會是什麼形狀？有人說是四方形，我則認為是像切好的派，呈現細長的三角形。叔叔您覺得呢？

第二，假設有一顆由鏡子做成的中空球體，人坐在裡面的話，哪邊會照出臉，哪邊會照出背部呢？這個問題真是令人越想越搞不清楚。

之前我跟您提過選舉吧？那已經是三週前的事情了，這裡的生活每天都很忙碌，三週前的事情感覺就像古代一般久遠。莎莉當選學生會長了！我們舉著「恭喜馬克白！」的板子，跟著樂隊一起加入火把遊行。

如今我們成了二五八號房重要人物，茱莉亞跟我都沾了莎莉的光，能夠跟學生會長住在同一個房間，得面對他人的眼光，還真有點壓力呢。

晚安，叔叔。

請接受我對您的敬意。

尊敬您的茱蒂　敬上

✎

✎

✎

十一月十二日

昨天的籃球比賽我們贏了大一新生，大家當然歡欣鼓舞，但若是贏過大三生，不知該有多好呢。

莎莉邀請我放假時去她那位於麻薩諸塞州伍斯特的家玩。她真的是個很好的人，我好想去。至今除了洛克威勒農莊，我沒有去過一般人的家裡，而且山普魯夫婦是大人，還是老人家，所以不算。馬克白家有很多孩子（至少二到三人），還有爸爸、媽媽、奶奶和一隻**安哥拉貓**，真是十全十美的家庭。我覺得帶著塞滿東西的行李箱去旅行，比起留在宿舍愉快多了。我實在太高興了，興奮得坐立難安。

第七堂課了，我得趕快去參加戲劇排演。我會在感恩節的戲劇節目中表演，成為穿著天鵝絨上衣、有一頭黃色鬈髮，住在高塔裡的王子，是不是很棒呢？

再會了。

J・A 敬上

安哥拉貓

長毛貓。命名源自當初發現此品種的土耳其城市安哥拉。

星期六

叔叔想看我長什麼樣子嗎？這是蕾奧諾拉・芬頓幫我們拍的三人照。

笑容開朗的人是莎莉，瘦瘦高高愛擺架子的是茱莉亞，有一縷髮絲飄在臉上的是茱蒂——其實我本人更漂亮，是陽光太強才瞇起眼睛。

在麻薩諸塞州、伍斯特、石門

十二月三十一日

親愛的長腿叔叔：

之前我一直想要寫信感謝您送了張支票做為聖誕節禮物，只是在馬克白家的日子實在太愉快，我根本連待在書桌前兩分鐘的時間都沒有。

我買了新的洋裝，雖然不是必要，卻是我很想要的東西。今年只有叔叔送我聖誕禮物，其他人則是送了我包含愛的美妙祝福。

我在莎莉家度過了非常開心的聖誕假期。

莎莉的家要從大馬路旁往裡面走，是一棟有白色裝飾的磚造老建築，跟我在約翰·歌利亞孤兒院時一直想進去參觀的那棟房子很像，如今我終於可以一探究竟了。這裡的一事一物都令人感到舒適，充滿家的溫馨。我從一個房間逛到另一個房間，隨心所欲的欣賞所有家具和裝飾。

最棒的還是她的家人，我沒想到會遇到這麼多好人。莎莉家有爸爸、媽媽和奶奶，頭髮蓬鬆捲曲的三歲小妹，個兒不高也不算矮、每次進門總是忘了擦腳的弟弟，還有一位名叫吉米的英俊哥哥，是普林斯頓大學三年級的學生。

這個家庭的用餐氣氛實在太愉快了，每個人都會分享趣事，大夥笑得好開心。而且沒有飯前禱告（我知道自己對上帝很不敬，可是如果叔叔像我這樣總是被逼著禱告感謝這感謝那，相信您也會變得跟我一樣）。

我在這裡做了好多事情，多到不知道該從哪一項說起才好。馬克白先生經營一間工廠，聖誕夜，他幫員工的孩子準備了一棵聖誕樹，放在狹長的產品包裝室裡，還裝飾了常綠樹和**柊樹**的葉子。吉米扮成聖誕老公公，我和莎莉幫忙把禮物分送給孩子們。

那一刻我有一種很奇特的感覺，我也想變得跟約翰．歌利亞孤兒院的董事一樣善良慈悲，於是我親了臉頰上沾著點心碎屑的小男孩，但我絕不會像董事那樣摸孩子的頭。

聖誕節隔天，馬克白家為我舉辦了舞會。

對我而言，這是第一次真正的舞會——只有女孩子的學校舞蹈課根本就不算數。我穿著全新的白色晚宴裝（這是叔叔送我的聖誕禮物，真的非常感謝您），戴上白色長手套，穿白色緞料鞋子。在這絕對、完全的喜悅中，唯一美中不足的是，我沒有辦法讓李蓓特太太看看我和吉米牽著手領頭跳**方塊舞**的樣子。下次要是您拜訪J．G孤兒院，請務必跟院長說起這件事。

再會了。

茱蒂．亞伯特　敬上

柊樹（第101頁）

指西洋柊樹。冬青科常綠樹，特徵是鋸齒狀的葉緣，經常當成聖誕節裝飾。

方塊舞

法國民俗舞蹈，流行於十八～十九世紀的歐洲社交舞。分為男女數組，跳舞過程中伴隨著輕快音樂，不斷替換舞伴。

PS.

叔叔，如果我將來沒有成為大作家，只是普通女孩，您會很失望嗎？

星期六　下午六點三十分

親愛的叔叔：

我們今天走路去城裡，誰知路上遇到大雨。應該下雪才對啊，才像是冬天。

茱莉亞的叔叔今天下午又來拜訪我們了——還帶來了一箱五磅重的巧克力，現在您知道跟茱莉亞同住也是有好處的吧。

傑比斯叔叔覺得我們天真的話語很有趣，還特地延後了一班火車與我們在書房喝茶。為了讓他到房裡喝茶，我們花費了很大的力氣才取得校方的許可。招待男性直系血親如父親或爺爺的手續就已經很麻煩了，如今來訪的是叔叔更是難上加難，我想若是兄弟或表兄弟之類的根本連想都不用想吧。

茱莉亞在公證人面前發誓此人確實是她的叔叔，還得去郡政府申請證明，即使完成這麼多麻煩的手續，如果**舍監**發現傑比斯叔叔年輕又帥氣，真不知道我們還能不能跟他一起喝茶呢。

總之，我們吃了瑞士起司和黑麵包做的三明治來當下午茶。傑比斯叔叔也來幫忙一起做，一個人便吃了四個呢。

我告訴他我今年夏天在洛克威勒農莊的生活，聊了很多關於山普魯夫婦、馬兒、牛、小雞等等的趣事，整個下午都非常愉快。傑比斯先生所認識的馬兒現在只剩下葛洛佛一匹，其他都已經去世。傑比斯先生最後一次造訪農莊時葛洛佛還只是小馬，牠現在已經是老馬了，在牧場總是拖著腳走路，看了好令人心疼。

傑比斯先生問我山普魯家食品儲藏室內最下方櫃子用藍色盤子覆蓋的黃色大甕裡，是否還藏著甜甜圈——

舍監
學校中負責管理學生的人員。

他說的沒錯！

然後，他問黑漆漆的牧場裡，岩石堆下方的**土撥鼠**洞是否還在——洞穴還在，阿馬賽這個夏天才在那兒抓到一隻又大又肥的灰色土撥鼠呢，聽說牠是傑比少爺小時候抓到的那隻土撥鼠的第二十五代子孫。

我當面叫他「傑比少爺」，他卻一點也不生氣，茱莉亞說她第一次看到傑比斯叔叔這麼和藹可親，平時的他總是很難親近。可是茱莉亞本來就不擅長引導對話，我覺得對男性來說這一點非常重要，只要順著毛摸，他們就會像貓咪一樣柔順，發出呼嚕嚕的聲音，要是逆著毛摸，他們就會氣呼呼的（這樣的比喻實在有些粗俗，我只是打個比喻啦）。唉呀，雨怎麼下得那麼大！看樣子今晚得游泳去教堂了。

土撥鼠

松鼠科的哺乳類動物，山鼠的一種。身長約五十公分，四肢較短。分布在美國東北部和加拿大等地。

您最忠心不移的茱蒂　敬上

一月二十日

親愛的長腿叔叔：

請問您有沒有一個睡在搖籃裡的可愛小女兒被人偷抱走？也許我就是那個小嬰兒呢。如果這是小說，故事就能歡喜落幕了。

不知道自己是哪裡來的什麼人，這感覺非常奇怪——總覺得有點刺激、有點浪漫，多了很多想像的空間。說不定我其實不是美國人，不是很多人都是如此嗎？也許我是古羅馬人的後代，或是海盜的女兒，或許是遭流放的俄國人的子孫，祖先若沒有逃亡，我們現在可能還被關在西伯利亞的監獄裡。也或許是吉普賽人——我覺得一定是。

我嚮往四處流浪，只不過現在還沒有機會實行。

叔叔您知道我過去做過最丟臉的事是什麼嗎？是我因為偷餅乾而受罰，於是從孤兒院逃跑。我想每位董事應該都讀過我的這段紀錄吧，叔叔如果您知道前因後果，會不會覺得我當時會那樣做也是情非得已的呢？那時的我是個年僅九歲，肚子快要餓扁的小女孩，獲准進入食品儲藏室，伸手可及之處就放著裝有餅乾的罐子。孤兒院的員工讓女孩幫忙磨刀，把她一個人留下就離開了，之後那名員工突然回到儲藏室，赫然發現那孩子的臉上沾有一點餅乾碎屑，這不是很理所當然嗎？結果他抓著那孩子的手肘拖出儲藏室，還賞了她一個耳光。當餐後的布丁送上桌，只有那個孩子不能吃，還當眾說「這是偷東西的懲罰」，您說這個孩子怎麼會不逃跑呢？

我只逃了六公里半就被抓到並送回孤兒院。接下來的一個禮拜，其他孩子能在外面玩的遊戲時間，我卻像隻因搗蛋而遭到懲罰的小狗被綁在後院的　根木樁上動彈不得。

啊啊，教堂的鐘聲響了。從教堂回來之後，我還得去開班級委員會，今天我原本想寫一封有趣的信給您，看來是沒辦法了。

期待與您見面的那一天。

親愛的長腿叔叔，祝您身體健康。

茱蒂　敬上

PS.

不過有一件事我可以非常確定，那就是我不是中國人。

二月四日

親愛的長腿叔叔：

吉米・馬克白送來一面足以蓋住我們房間一整片牆的普林斯頓大學校旗。我很開心他沒有忘了我，但這麼大一面旗子該如何處理？莎莉跟茱莉亞都反對將這面旗子掛起來。我們的房間今年的布置主題是紅色，如果再掛上這面又橘又黑的旗子，您能想像會有多可怕吧。但是我可不能白白浪費了這麼美麗溫暖的厚羊毛毯，之前我的舊睡袍下水洗過而縮水了，如果把這面旗子改成睡袍，會不會太離譜了呢？

這陣子我偷懶沒有告訴您我學了些什麼，雖然您從信上看不出來，其實我大部分的時間都用來認真苦讀。一次要學五種科目，真的很累人啊。

「真正的學生必須苦心鑽研，不放過任何細節。」

這是化學老師告訴我們的話。相反的，歷史老師卻說：

「不要在意枝微末節，應該從宏觀的角度來看待學問。」

現在您知道我們若想航行在化學和歷史之間，要多麼小心翼翼的掌舵前進了吧。我最喜歡歷史的學習方法了，如果我說**征服者威廉**在一四九二年來到美洲，而哥倫布發現美洲新大陸是一一〇〇年，或者也可能是一〇六六年，這麼細微的小事歷史老師也會睜一隻眼閉一隻眼，所以我不用擔心歷史成績，化學課可就沒那麼容易了。

第六節課的鐘聲響起了。

我必須去實驗室研究酸、鹽和鹼。之前我不小心用鹽酸燒破了實驗時穿的圍裙，破洞約有一個盤子大。依照化學理論，如果我在這個洞倒上阿摩尼亞中和，破洞就會消失不見了吧，您說我講的有沒有道理呢？

下週就要考試了，我一點也不擔心。

您永遠的茱蒂　敬上

三月五日

親愛的長腿叔叔：

三月的狂風吹起，天空中布滿黑漆漆的厚厚雲層。松樹林的烏鴉是多麼吵鬧啊！吵得人坐立難安，想

征服者威廉（第109頁）
指威廉一世（一〇二七～一〇八七年）。諾曼第王朝創始者（在位期間為一〇六六～一〇八七年）。原本是北法的諾曼第大公，趁其表哥即英國愛德華國王死後侵入英國，主張享有王位繼承權，並擊敗英格蘭王室，即位為王。

馬上衝出去加入牠們的喧鬧。我真想闔上書本，跟著從山丘呼嘯而過的風一起去賽跑呢。

上週六我們舉行了長達八公里的「越野獵狐賽」。狐狸（身上帶了許多碎紙片的三人）比二十七名獵人提早三十分鐘出發，我也是獵人之一，途中有八人走散，最後只剩下十九人。

狐狸越過山丘，穿過玉米田，最後進入沼澤地，我們必須在沼澤裡找到較淺之處才踩下，並且注意不要陷進去，得不斷跳著走才能穿越，半數的人腳踝都沾滿淤泥。我們追丟了狐狸的足跡，在沼地足足浪費二十五分鐘，最後穿過山丘上的森林，來到倉庫的窗邊。倉庫的門全都上鎖，只有一扇小小的窗戶位於高處。她們真狡猾，您說是吧。

但我們並沒有從窗口潛入，而是穿過低矮的屋簷，在籬笆發現了狐狸從上面爬過的蹤跡。狐狸試圖躲避獵人的追蹤，但被識破了。我們延著起起伏伏的草地又追趕了三公里，只見碎紙片越來越稀疏，要追蹤狐狸的足跡變得越來越困難。規則

是雙方最遠只能間隔一點八公里，我可從沒見過那麼遠的一點八公里。

我們百折不撓，走了兩小時，終於發現狐狸進入春天農場的廚房（學生會搭乘乾草搬運車來這裡吃烤春雞和**格子鬆餅**），發現三隻狐狸正悠閒喝著牛奶，享用蜂蜜和餅乾。狐狸沒想到我們會追來，以為我們會在倉庫窗口那邊就放棄了。

雙方都堅稱自己才是贏家，您覺得呢？我們可是在狐狸回到學校之前就抓住她們了。

總之，我們十九個人有如**蝗蟲**般，紛紛擠到她們的椅子和桌子旁邊騷動著：「也給我們蜂蜜。」可是蜂蜜不夠那麼多人吃，春天夫人（這是我們取的綽號，其實她是強森夫人）給了我們一瓶上週剛做好的草莓果醬和

格子鬆餅

以麵粉、雞蛋、牛奶、奶油為材料攪拌成麵糊後，倒入格子狀的烤盤烘烤，沾著果醬或鮮奶油食用。

楓糖漿以及三條黑麥麵包。

回到學校已經過了六點半——晚餐時間已經過了三十分鐘——大家來不及回去換衣服就這樣直接進入餐廳。沒想到大家的食欲不減，反而愈發旺盛。之後我們全翹掉晚上的教堂祈禱，腳上沾滿污泥的鞋子成了最好的藉口。

還沒向您報告考試的事情，我每一科都輕鬆過關喔！之前是因為還沒掌握訣竅才考不及格，今後不會了。要不是一年級時拉丁文和幾何的成績令人遺憾，也許我能夠以優等生的資格畢業。但我不在意，「人生如此，夫復何求。」（這句話引用自我現在正在學的古典文學。）

說到古典文學，您讀過《哈姆雷特》嗎？如果沒

蝗蟲（第113頁）
直翅目蝗科的昆蟲。體長約四公分左右，身體為淡綠色，翅膀呈淺黃褐色。後腳比前腳長，適合跳躍。又稱蚱蜢，是會吃稻穀造成農損的害蟲。

有，我推薦您一讀，那可真是名作啊。之前我雖然聽過莎士比亞，卻沒想到他的作品竟寫得這麼好，果然是名不虛傳。

我自從養成讀書習慣後就一直在玩一個很有趣的遊戲，就是每晚睡前挑一個書中最喜歡的角色來扮演。

現在的我是奧菲莉亞——而且是深思熟慮的奧菲莉亞。我總是試圖讓哈姆雷特開心、疼愛他、必要時責罵他、當他感冒時隨侍在側，幫他更換濕毛巾，還治好了他的憂鬱症。國王和王后在海上遇難，連喪禮都不必舉行了——就這樣，哈姆雷特和我順利統治丹麥，由哈姆雷特掌管政治，我負責慈善事業，我們創立好幾家一流的孤兒院。如果叔叔或其他董事前來參觀，我會很樂意為大家介紹，您一定可以看到我成為一個回饋社會的有用的人。

慈悲的丹麥王后奧菲莉亞　敬上

三月二十四日——也可能是二十五日

親愛的長腿叔叔：

我恐怕無法上天堂了——我這輩子已經獲得太多美好的東西，如果連死後也能上天堂，那就太不公平了。您想知道我發生了什麼好事嗎？請聽我娓娓道來。

吉露莎・亞伯特的作品竟然入選校刊每年舉辦的短篇小說比賽（獎金二十五美元），而且我只是大二生，多數參賽者都是大四生呢！

看到自己的名字被張貼出來，我簡直不敢置信，看來我要成為作家並不是完全不可能實現的夢想。如果是更適合女作家的名字該有多好，當初李蓓特太太為我取的名字不這麼可笑，那麼一切就太完美了。

此外，我被選上春季戶外公演《皆大歡喜》的演員，將飾演羅莎莉的表妹西莉亞。

最後一件壓軸的好事是本週五，茱莉亞跟莎莉還有我，我們三人要去紐約採買春裝，我們會在那裡住一晚，隔天和傑比少爺一起去看戲，這趟出遊是由他招待的。茱莉亞會回家住，莎莉跟我住在瑪莎．華盛頓飯店。您說有比這更美好的事嗎？我打從出生至今，從未去過飯店和劇院。很久以前，天主教教會的慶典曾招待孤兒去參加，但那不是真正的演出，演員根本沒有任何感情。

您猜猜看我們看的是哪一齣戲？竟然是《哈姆雷特》！是不是很巧呢？我們已經上過四週的莎士比亞文學課，我全都可以默背下來了呢。

我滿心期待，興奮得幾乎無法入睡。

再會了，叔叔。

活著真是令人開心啊。

茱蒂　敬上

PS.

我剛剛翻了日曆，原來今天是二十八日。

PS(2).

今天我遇到一位眼神詭異的列車長，讓人聯想到偵探小說裡的犯人。

四月七日

親愛的長腿叔叔：

天啊，紐約真的是一個好大的城市，伍斯特根本難以望其項背。叔叔您真的住在那麼繁忙的世界嗎？我想自己大概要花上好幾個月的時間才能忘記在那兩天感受到的花花綠綠吧。我在那裡看到了好多美好的事物，該從哪兒說起才好呢？不過叔叔您就住在這裡，不用我說應該都知道吧。

紐約這個城市真的太有趣了，無論人跟店家都是，我從未看過像櫥窗商品那般美麗的事物。我想無論是誰，看過那些東西，一輩子腦袋裡只會想著衣服的事吧。

我跟茱莉亞及莎莉在星期六早上出去購物。茱莉亞走進一家我這輩子從未見過的豪華店家，那家店的牆壁是白色跟金色，藍色地毯配上了藍色絹布的窗簾，椅子竟然刷成金色。有位穿著黑絹禮服的金髮美女曳著長長的裙擺，笑容滿面的迎接我們，那一瞬間我還以為自己是在拜訪誰的家，差一點就要跟她握手了！其實我們只是來這裡買帽子，不過要買帽子的只有茱莉亞。茱莉亞坐在鏡子前試戴了約一打的帽子，每一頂都比上一頂美麗，最後她買了其中最美麗的兩頂。

能像這樣坐在鏡子前，不用在意價格，隨心所欲的購買自己中意的帽子，簡直太棒了。叔叔，紐約完全粉碎我在約翰．歌利亞孤兒院養成的刻苦耐勞的性格。

我們買完東西之後，在雪莉大飯店和傑比少爺會合。叔叔去過雪莉大飯店嗎？請您在腦中回想那裡的樣子。然後，再想想約翰．歌利亞孤兒院餐廳鋪上防水布的桌子、怎麼摔也摔不破的白色陶器、木頭柄的刀叉，接著再請您想像那時的我是怎樣的心情。

用餐時，我用錯了叉子吃魚，親切的侍者不動聲色幫我換上正確的。

吃完午餐，我們一行人來到了戲劇院——那裡真是令人目眩神迷，難以相信居然屬於這個世界——我每天晚上都夢到那裡呢。

莎士比亞寫的戲劇簡直是妙不可言。

比起在學校學的東西，舞台上看到的《哈姆雷特》簡直好上幾萬倍，之前我就已經體會到這齣戲的美好，如今更是不知該如何形容了。

如果叔叔也贊成的話，比起成為作家，我更想成為女演員。您可不可以讓我放棄讀大學，而改送我去讀戲劇學校呢？這麼一來，每次我上台表演，都會為您準備貴賓席的票，在舞台燈光下，遙遙對您綻放微笑，屆時要請您在胸口別上一朵紅玫瑰，這樣我才能正確的對著您綻放迷人的笑容。否則要是搞錯了人，我可是會覺得很丟臉呢。

我們在星期六晚上回到學校，晚餐是在火車上吃的。在點著粉紅色檯燈的精巧桌邊，有位黑人侍者幫我們服務。之前我都不知道火車上竟然可以用餐，忍不住將心裡的想法說出口。

「之前妳到底是在哪裡長大的？」

茱莉亞問道。

「一座小村莊。」

我膽戰心驚的回答。

「妳不曾出外遠行過嗎？」

茱莉亞說道。

「來上大學是我第一次坐火車旅行，而且只有兩百五十公里，所以根本沒有在火車上用餐的機會。」

茱莉亞對於我老是說些奇怪的話，表現出非常感興趣的樣子。

我一直留心不要說出什麼滑稽的話，可是每次只要一覺得驚訝就會不自覺的脫口而出——而且，我經常被嚇到。在約翰．歌利亞孤兒院生活了快十八年的人，突然來到這個花花世界，這一切真的太令人目不暇給了。

不過，我已經漸漸習慣外面的世界，也不再像之前那樣出糗，與他人相處時也不再感到彆扭。之前只要有人盯著我看，我就會忍不住畏縮，擔心她們的眼睛穿透我身上的新衣服，看穿我曾經穿著孤兒院的格紋棉布，現在的我已經不再為過去穿格紋棉布的記憶所困，過去所吃的苦，就都留在過去吧。

對了！我忘了跟您說花束的事。傑比少爺送給我們每人一束三色堇跟鈴蘭的大花束。

他真的是親切有禮的紳士。我其實不是很喜歡男性——因為孤兒院的董事們實在不是令人喜歡——如今我的想法正逐漸改變。

這封信竟然長達十一頁！謝謝您耐心閱讀，我決定就此擱筆了。

您最忠誠的茱蒂　敬上

四月十日

有錢的先生：

我將您寄來的五十美元支票隨信寄還，非常感謝您的好意，但我不打算接受，您每個月寄給我的零用金，已足夠我買需要的帽子。我很後悔寫了在帽子店裡那樣愚蠢的想法，我寫只是因為以前未曾見過那樣的情況罷了。

總之，我並非向您乞討，除了不得已的情況下必須接受的金錢，我不需要別人的施捨。

吉露莎・亞伯特　敬上

四月十一日

給我最親愛的叔叔：

請您原諒我昨天寫出那樣的內容，那封信一丟進郵筒我就後悔了，我想把信拿回來，那個可惡的郵差卻不願意還給我。

現在是半夜，我已經翻來覆去好幾個小時都無法入眠，一直覺得自己像隻蟲子般可憎——而且是有一千隻腳、令人深惡痛絕的噁心蟲子——這是我所能說出最嚴厲的罵詞。我悄悄的不吵醒茱莉亞和莎莉，偷偷關上書房的門，撕下歷史課的筆記本，寫這封信給您。

我想告訴您，我非常後悔自己退還支票所表現的惡劣態度。我明明很清楚叔叔對我有多好，卻寫出了那樣的信。

叔叔連帽子這樣微不足道的小事都放在心上，您真的是非常溫柔體貼的老人家，我就算要將支票還給您，也應該用更有禮貌的措辭才是。

不過，我還是得將那張支票歸還。我跟一般女孩子不一樣，其他女孩子可以理所當然收下別人送的禮物，因為她們有父親、哥哥和爺爺、奶奶，可是我並沒有那樣的親人。我喜歡把叔叔當作自己的家人，但也僅止於喜歡那樣想像而已，我當然很清楚叔叔並不是我真正的叔叔。

我是孤兒，沒有任何依靠，今後也必須跟這個世界奮戰，一想到這裡，我就覺得胸口有點喘不過氣，但我試著去忽略那種感覺，繼續堅強下去。

我不能收取超過所需的金錢，因為我打算將來總有一天一定要還您錢，但就算我真的成為夢想中的大作家，我想自己也沒辦法馬上就償還這一大筆錢。

我喜歡美麗的帽子跟各種美好的東西，但我不能為了買這些東西而典當了自己的將來。

請您原諒我的無禮，我的壞習慣就是一想到什麼就會毫無顧忌、一股腦兒全寫出來，可是信一投入郵筒後我就後悔了。即使我的行為看來既愚蠢又不知感恩，但我的內心絕對不是那樣。在我的心中，我無時無刻不感謝叔叔給予我的新生活、自由與獨立。

在我的童年時代，長久以來滿是陰沉的想法與想反抗的心，那顆心至今仍無法相信現在幸福的每一分每一秒竟然是真的，我覺得自己簡直就像故事中的女主角。

現在已經是兩點十五分了，我要踮著腳尖、偷偷去寄信。我想，這封信應該可以在之前那封信抵達不久後送到您手上，這樣叔叔就不會氣我太久吧。

晚安，叔叔。

永遠愛您的茱蒂　敬上

五月四日

親愛的長腿叔叔：

上星期六是運動會。我們的運動會非常值得一看喔！首先，全校學生都穿著純白色的麻質衣服進場。

大四生撐著淺藍、金色與藍色的**日本大傘**，大三生揮著白色和黃色的旗子，我們班則拿著鮮紅色的氣球——每當有人手上氣球的絲線斷掉，紅色氣球冉冉升起的景色就相當引人注目。

大一新生戴著有彩帶裝飾的綠色帽子，還從城裡租借了水藍色的制服，組成樂隊。在節目空檔的休息時間，還有十二人裝扮成小丑娛樂觀眾。

茱莉亞穿著麻質的風衣外套，戴著假鬍子，手裡拿著一把破爛的黑傘，裝扮成肥胖的鄉下大叔。名叫派西．莫來迪（其實她叫派翠西亞。叔叔聽過這麼古怪的名字嗎？我想就連李蓓特太太也想不出這麼妙的名字吧）的瘦高女孩，斜戴一頂可笑的綠色帽子，裝扮成茱莉亞的太太，她們倆一走在跑道上便引得觀眾笑聲四起。茱莉亞扮演的鄉巴佬非常傳神，我從未想過潘德爾頓家的人竟然可以這麼有趣——這麼說雖然對傑比少爺很不好意思，不過我本來就不認為他是潘德爾頓家的人，正如我無法把您視為董事一樣。

日本大傘（第127頁）

日本傳統紙傘。傘架由細竹組成，並糊貼堅固油紙。

莎莉跟我要參加田徑，所以沒有一起進場。您猜怎麼了呢？我們兩個人都贏了，至少都贏了一個項目。雖然我們兩個都在跳遠比賽落敗，但莎莉在撐竿跳拿了第一名（兩公尺二十二公分），我則贏了**五十碼**的短跑競賽（八秒）。

碼 長度單位。一碼約零點九公尺，五十碼約四十五公尺。

最後我真的快要沒力了，但全班同學搖著氣球、大聲吶喊為我加油，真的很振奮人心。

茱蒂．亞伯特怎麼樣？

沒問題的！

到底誰能得金牌？

茱蒂．亞伯特！

叔叔，這真是莫大的榮譽。比賽後我進入帳篷換裝，有人用酒精幫我擦身體按摩肌肉放鬆，還有人餵我吃檸檬，簡直就像真正的職業選手。能為自己班上爭光真的很棒！獲得最多優勝的班級，可以榮獲當年的優勝獎盃。

今年大四生在七項比賽中取得優勝，贏走獎盃。體育部請所有優勝選手到體育館參加慶祝餐會，菜色有炸螃蟹等，還有做成籃球形狀的巧克力冰淇淋呢。

昨天晚上我讀《簡愛》讀到半夜。叔叔，您是可以告訴我六十年前故事的老先生嗎？如果是的話，請問當時的人會這樣說話嗎？

愛擺架子的布蘭琪小姐這樣說：

「混帳傢伙！少在那邊絮絮叨叨，快點遵從我的命

《簡愛》

英國作家夏綠蒂・布朗特的小說，於一八四七年出版。女主角簡愛自小失去雙親，被送到如同孤兒院的慈善學校，這樣的劇情引起了茱蒂對女主角的共鳴。

令。」

羅徹斯特先生用「金屬的藍天」形容天空。然後一名女子發出**鬣狗**般刺耳的笑聲，朝著窗簾點火，撕碎新娘的頭紗，甚至還咬人——這簡直就是煽情的鄉土劇嘛。雖說如此，一旦閱讀就讓人無法罷手。為什麼那麼年輕的女子而且是自小在修道院長大的人可以寫出這樣的書呢。我深深為布朗特姊妹所吸引，無論是她們所寫的小說、她們的生活還有內心狀態。這對姊妹到底是怎麼憑空構思出這些事情呢？讀到女主角在慈善學校遭受過分的對待，我越讀越氣，必須到外頭去散步消消氣不可。她當時的心情我非常能理解，在現實生活中知道有李蓓特太太這樣的人，完全可以描繪出書中布洛克哈斯多校長的模樣。

鬣狗

鬣狗科哺乳類的總稱，體長一～一．七公尺。分布區域包括非洲及印度西部。斑點鬣狗的叫聲近似人類笑聲。

叔叔，請您千萬不要生氣，我並非暗諷約翰·歌利亞孤兒院就是羅伍德慈善學校。約翰·歌利亞孤兒院的食物充足，衣服以及洗浴用水都很足夠，地下室裡也有暖爐。

但還是有跟書裡非常類似的地方，就是我們的生活非常單調、平淡無奇。除了星期日有冰淇淋可吃之外，幾乎沒有任何令人愉快的事，而且冰淇淋的口味每次都一樣。

我在孤兒院的十八年中，只發生過一次特別的事——放置雜物的倉庫失火。半夜我們被叫醒，趕緊穿上衣服，並且去拿萬一火勢延燒到主建物時的避難物資。不過火並沒有延燒，沒過多久我們又上床去睡覺。

無論是誰，都喜歡意外的驚喜，那可是人類自然的願望。此後直到我被叫到李蓓特太太的辦公室，告知我約翰·史密斯先生即將送我上大學之前，完全沒有什麼值得驚喜的事，就連李蓓特太太告知我這件事的當下，我也只有一點點的驚訝。

叔叔，我認為任何人都應該具備想像力，有了想像力我們就會感同身受，這麼一來，任何人都能慈悲且懷抱著體貼的心，我認為一定要培育孩子的想像力才行。

但是在約翰．歌利亞孤兒院根本容不得一丁點想像力存在，想像力一旦萌芽，馬上就會被摘除，在那裡唯一能夠受到稱讚的事就是盡義務。我認為沒有必要讓孩子懂得「義務」這個詞的意義，那真是個討厭的詞彙，每個孩子無論做任何事情都必須有愛才行。

請您拭目以待我建立孤兒院，成為院長的那一天，這是我現在每晚睡前最喜歡玩的遊戲。我就連最細微的事情都計畫好了，食物、衣服、課程、娛樂甚至是懲罰——無論再怎麼好的孤兒院，偶爾還是會有人惡作劇得受罰，您說是吧。

但是，我會讓所有的孩子都幸福，將來即使成為大人之後吃了再多的苦，至少當他們回首過去，可以想起自己曾經是個幸福的孩子。如果我有孩子，就算自己再不幸，也絕不讓他吃苦。

（教堂的鐘聲響起了——我決定就此擱筆不寫了。）

星期四

從實驗室回到房間，我發現有一隻小松鼠坐在我的桌上吃著杏仁。天氣溫暖的時候，我經常會敞開窗戶，如此招待小客人。

星期六　早上

今天學校放假，叔叔是不是以為我會抱著用徵文比賽獎金買的《**史蒂文生**全集》，以閱讀來度過寧靜且美好的傍晚呢？如果您會這麼想，是因為您沒有來過女子大學。昨天星期五，我的房間聚集了六個朋友，大家一起動手做點心，其中一人竟讓黏糊糊的麵糊掉在我最好的地毯正中央，我想那塊污漬恐怕永遠都不可能清乾淨了吧。

史蒂文生

一八五〇～一八九四年。蘇格蘭作家，知名作品包括《金銀島》、《化身博士》等小說。

這陣子我都沒提到課業的事，其實我每天都很認真用功。我覺得不談學業，多談談人生，更讓人心情暢快。雖說如此，這也只是我一個人單方面說話而已，如果您改變心意，隨時都可以回信給我。

這封信我寫寫停停了三天，您讀得也有點煩了吧？

下次再會，我生命中最棒的人。

茱蒂 敬上

親愛的長腿史密斯先生：

這次我們學了分點討論及寫論文的方法，我決定這封信就採用這樣的形式來寫，記下所有重點，不用一個贅字。

一、本週考試科目

1. 化學

2. 歷史

二、新的宿舍正在興建

1. 材料如下

（1）紅磚

（2）灰石

2. 可容納人數

（1）舍監一人、教師五人

（2）學生兩百名

（3）管理阿姨一人、廚師三人、員工二十人、女僕二十人

三、今晚餐後點心：奶酪

四、我正在寫一篇特別的論文〈莎士比亞戲劇的史料〉

五、露．麥馬漢今天下午打籃球跌倒的結果

1. 肩關節脫臼

2. 膝蓋擦傷

六、我買了有以下裝飾的新帽子

1. 藍色天鵝絨的蝴蝶結

2. 藍色羽毛兩根

3. 紅色毛線絨球三顆

七、現在是九點三十分。

八、晚安。

茱蒂

六月二日

親愛的長腿叔叔：

發生一件很棒的事情，不過我想您猜不到是什麼好事。馬克白家問我，今年夏天要不要跟他們一起到位於阿迪龍達克的別墅過暑假。聽說他們家是森林中央湖畔某俱樂部的會員，招待會員的小木屋散布在森林各處，他們經常去湖上划**獨木舟**，或沿著小路到其他別墅拜訪。俱樂部會所每週舉辦一次舞會——吉米．馬克白也會邀請他大學的朋友來這裡作客，所以我們會有很多舞伴。

邀請我的馬克白夫人真的非常親切，上次在他們家過聖誕節時，她就滿喜歡我。

很抱歉這封信寫得這麼簡短。這不算每月要寫給您的信，只是等不及想向您報告我已規畫好今年夏天的計畫了。

心滿意足的茱蒂　敬上

六月五日

親愛的長腿叔叔：

我收到您祕書的來信，信上說史密斯先生希望我不要接受馬克白夫人的邀請，依舊跟去年夏天一樣到洛克

獨木舟（第138頁）
原指美洲原住民挖空樹幹、包上獸皮而製成的簡單小船。書中所指為一八六五年後，水上競技所使用的小船，船首與船尾均呈尖狀。

威勒農莊過暑假。

為什麼呢？我真的不懂，叔叔。

您不明白馬克白夫人是發自內心歡迎我而邀我去玩。我不會給人家添麻煩，也會幫忙家務。他們去那裡不會帶太多傭人，所以莎莉跟我有很多事情可以做，這正是學習管家的大好機會。要成為一位好女性，我必須熟知各種家務，否則我就只知道孤兒院的事。

那裡沒有其他跟我們同年的女孩子，馬克白夫人只是希望莎莉能有個伴。

我們已經計畫要一起讀很多書，決定趁暑假把新學年的英文和社會學相關書籍都讀完。老師說如果暑假能讀完這些書，對開學後的課業會非常有幫助。比起一個人獨自閱讀，跟朋友一起閱讀再互相討論，記憶一定會更深刻吧。

光是能跟莎莉的媽媽在一起，就是非常棒的教育。馬克白夫人很有品味，人風趣，也很擅長招待，而且懂好多事情，是受人敬愛的好人。

我跟李蓓特太太一起度過了那麼多個夏天，請您理解對我而言，這兩人的差別是多麼有趣。

您不用擔心我去那裡會太擁擠，要是客人太多，他們就會在森林四處搭帳篷，讓男生住在那裡。況且能一直在戶外運動，一定很讓人神清氣爽，這一定會是個對身心有益的夏天。

吉米說要教我騎馬、划獨木舟，還有射擊。哦，怎有那麼多東西我都還沒學呢？

打從出生以來，我從未能有過這樣愉快且悠閒的一天，我覺得每個女孩一輩子都該過一次這樣的生活。當然，我還是會聽從叔叔的話，所以我求求您，求求您讓我去好不好？我從未如此渴望夢想能夠實現。

寫這封信的人不是未來的大作家吉露莎．亞伯特，而是，一個平凡的少女茱蒂。

六月九日

約翰・史密斯先生：

收到您於七日的來信，我將依照您的祕書的指示，前往洛克威勒過暑假，本週五出發。

吉露莎・亞伯特　敬上

在洛克威勒農莊

八月三日

親愛的長腿叔叔：

自從上次寫信給您，已經過了兩個月。我知道不應該這麼久不寫信，老實說，這個夏天我實在不是很喜歡叔叔——誠如您所知，我向來有話實說。

我想，您不明白放棄去馬克白家的別墅度假，對我而言是多麼悲傷的事。當然，我很清楚叔叔您是我的監護人，任何事我都該聽從您的指示。

但我真的不明白您為何要做那樣的決定。無論從哪方面思考，去馬克白家對我而言都相當有益，如果我是叔叔，我會說：

「真是太好了，妳就好好去玩吧！在那裡妳會遇見很多人，學會許多有趣的事情。妳這一年來這麼辛苦讀書，就去戶外玩個痛快，好好放鬆，讓身體更加強健吧。」

結果呢？叔叔的祕書卻寄來一封言辭冷淡的信，命令我去洛克威勒農莊。

我之所以生氣，是您的指示太沒有人味了。

如果您知道我對您的感情，就不會每次都叫祕書交給我用**打字機**打字的冷冰冰的信，偶爾也會親筆寫幾封信。如果叔叔真的懂我，就會知道只要能討您歡心，任何事我都肯做。

我很清楚自己不該奢望叔叔回信，而書寫有趣、豐富、詳細的信給您是我的義務。叔叔一直遵守約定——讓我接受高等教育——因此，要求您寫信，您可能會認為我違背了我們之間的約定。

打字機

敲打鍵盤，讓文字打印在紙上的機器。由義大利人於十八世紀初發明，但要到十九世紀後半才普及。後來由電腦取而代之，現在幾乎已無人使用。

問題是叔叔，這個約定對我而言真是太難了。我一個人孤伶伶的，這世上我唯一在乎的就只有叔叔您，可是叔叔就像影子，我常會想，這一切會不會只是我的幻想，說不定真實的您並非我想像中那樣。

之前我生病住院時，叔叔曾寫過一封親筆信給我，每當我快要忘記自己是誰，我都會拿出那張卡片反覆閱讀。

有些話想跟叔叔說，以前從沒寫過，以下就是我想對您說的話。

我現在的心情還是很差（您想想，被一個隨心所欲、蠻橫不講理、無所不能、卻看不著的神操縱，還必須順著對方的意思行動，是多麼讓人不甘心啊），但一想到長久以來您對我的慷慨與體貼，我又覺得您的確有權利當一個任性、蠻橫、無影無形的神。因此我決定原諒叔叔，與您重修舊好。但我還是不想收到莎莉從山莊寄來的信。

不過，這些話就到此為止吧。

這個夏天我一直在寫作，我已經寫了四個短篇，並寄到不同的雜誌社投稿，這樣叔叔應該明白我有多麼努力想成為作家吧。我把傑比少爺小時候遇到下雨天時用來做為遊樂場的閣樓當成工作室，這裡有兩扇窗戶，涼風徐徐吹來，非常涼爽。窗外有一棵可以遮陽的**楓樹**，樹洞裡住著紅松鼠一家子。

之後我會再寫一封更有趣的關於農場的消息給您。

希望能夠快點下雨。

永遠愛您的茱蒂　敬上

八月十日

親愛的長腿叔叔：

我在牧場池塘邊柳樹第二個枝枒的分岔處寫信給您，下方有青蛙嘓嘓叫著，頭頂上方則有蟬兒鳴叫，兩隻小小的松鼠奔上樹幹，接著又一溜煙跑下樹。

楓樹

楓科落葉喬木。葉子形狀分裂呈手掌狀，秋天時會轉紅。

我已經在這裡待一個小時了。這裡的樹枝原本就很好坐，我又拿了兩個長椅的靠墊上來，坐起來更加舒服。我原本想寫篇很棒的故事，所以帶了紙筆，但女主角從剛才就一直不肯受我擺布，所以我決定不管她，寫信給叔叔您（不過，這樣依舊無法讓我真的舒心，因為叔叔您也不是能任我擺布的人）。

如果現在叔叔在那嚇人的紐約，那麼我要將這片美麗、涼風吹拂的明亮風景送給您。連下了一個星期的雨，雨過天晴的鄉間，恍如仙境。

這個星期一直下雨，我在閣樓讀書打發時間，主要讀的都是史蒂文生。比起他的故事裡出現的其他角色，我覺得史蒂文生是最令人痛快的人物。他將父親留下的一萬美金遺產全都拿去買了艘遊艇，然後乘著那艘遊艇前往**南洋**，您不覺得很棒嗎？他是真正實現冒險夢的人呢！

如果我的父親留下一萬美金給我，我也會這麼做。一想到**維利馬**，我就瘋狂得難以自拔。我想親眼看看熱帶，想見識這整個世界，總有一天我一定要去看看。叔叔，我是認真的，無論是作家、畫家或是女演員、劇作家，總有一天我成了大人物，一定要去看看這個世界——我實在太嚮往旅行了，光是看著地圖，我都想戴上帽子，拿著傘馬上外出呢。

我死之前一定要看到南方的棕櫚樹和寺廟。

星期四黃昏，坐在門口的樓梯處。

要在信裡加入這裡的新聞，實在有些困難。但如果叔叔您一定要知道的話，內容如下：

這個農莊的九隻小豬，上星期二越過小河逃亡了，最後只有八隻小豬找回來。我實在很不想說別人的壞話，但達溫德寡婦家的小豬似乎多了一隻。

威帕先生把自家倉庫和存放乾草的小屋漆成了刺眼的南瓜黃——那顏色真的很醜，不過當事人說這個顏色比較持久。

南洋
指太平洋南部，靠近赤道的海域。

維利馬
史蒂文生於南太平洋薩摩亞群島的故居名稱。

布留瓦先生家這週有客人來訪，是布留瓦太太的妹妹和兩名外甥女，她們來自俄亥俄州。

農莊的羅德島紅雞下了十五顆蛋，卻只孵出三隻小雞，沒人知道原因為何。我覺得是羅德島紅雞的品種不佳，我個人比較偏好奧平頓種。

十字路口那家郵局的新進員工偷偷喝光牙買加薑汁酒（價值七美金）的事蹟敗露。

艾拉．哈奇叔叔得了關節炎，再也無法工作。他之前的工作時薪水不錯，卻連一塊錢也沒存下來，現在只好依靠村人的接濟過活。

這星期六晚上村裡的學校要舉辦冰淇淋派對，歡迎闔家光臨。

我戴著花二十五分錢買的新帽子，這

是我最近的肖像畫，我正要去割乾草。

天色越來越黑，我快要看不見了。總之，村子裡能報的新聞都說完了。

晚安。

茱蒂　敬上

星期五

早安。叔叔，大新聞。您猜是什麼事？您絕對猜不到誰將來到洛克菲勒農莊。潘德爾頓先生寫信給山普魯太太，說他開車到波克夏山脈旅行，旅途勞頓想找個閑靜的地方暫停，他希望山普魯太太準備好房間，以備他車子一停好就能夠落腳。他可能會在這裡待個一、兩週或三週的時間，端看這裡能否讓他好好休息。

收到消息，我們簡直忙得人仰馬翻。整間房子必須大掃除，窗簾也都拆下來洗。等一下我就要駕馬車去十字路口買張鋪在入口處的油布，以及兩罐要粉刷玄關和後面樓梯的咖啡色油漆。達溫德阿姨受雇明天來擦窗戶（因為這件大事，大家連小豬走失的事情都不追究了）。叔叔一定覺得要如此動員大掃除，家裡平時恐怕不甚乾淨，其實完全相反！山普魯太太雖有許多不足之處，但是身為家庭主婦，她可是非常稱職。

不過，叔叔不覺得傑比少爺很粗心嗎？他也不告訴我們他是今天會到還是兩週後才到，以致於在他抵達之前，我們都要戰戰兢兢等待他，他要是不趕快來，恐怕我們還得再大掃除一次了。

阿馬賽已經將馬車套在葛洛佛身上等我出門了——叔叔要是看到了年老的葛洛佛，也許會擔心我的安全呢。

我一手撫著心口——再見了。

茱蒂　敬上

PS.

最後這句話很棒吧？這是我學史蒂文生的信寫的。

星期六

叔叔，再次跟您說聲早安。

昨天郵差來的時候我還沒把信裝進信封，所以我再多寫一點。郵差每日中午前來收一次信。

鄉下的居民非常倚重郵差，他不只負責配送信件，還會幫我們到鎮上跑腿，一次收五分錢，今天他幫我從鎮上買了鞋帶、冷霜（買帽子之前，我曬傷了，鼻頭的皮膚都脫落了）、藍色領帶和鞋油，明明買了這麼多項東西才收我十分錢而已，他算我真便宜。

另一方面，傑比少爺還沒有來訪的跡象。真想讓您看看這棟房子如今有多乾淨，我們每次進門前都還要仔細擦掉鞋子上的污泥。

真希望他趕快到，我真的很想要有個說話的對象。老實說，山普魯太太的談話越來越無聊了。她總是絮絮叨叨，不曾停下來思考，這裡的人說話都是這個樣子。對這裡的人來說，整個世界就只有這座小小的山丘，實在太狹隘了。這一點跟約翰·歌利亞孤兒院一樣，圍牆限制了我們思考的自由，只是那時我還小，每天也都很忙碌，並不以為意。

我每天忙著看顧自己分配到要負責的床位，督促那些小蘿蔔頭要整理好，為小寶寶洗臉，到學校上課，回到孤兒院又要幫忙把孩子們的臉洗乾淨，縫補大家的襪子、補佛萊迪·帕金森褲子上的破洞（那孩子每天都會弄破褲子），然後抽空複習學校的課業，累得只想趕快鑽上床去睡覺，一直沒發現自己跟這個社會間的鴻溝有多深，直到我在多彩多姿的大學生活了兩年，才發現自己有多需要可以談天說地的對象。身邊要是能夠有談得來的朋友，那該有多好啊。

這封信就此擱筆，沒有什麼新的事情要報告的了，下次我會寫一封更長的信。

再見。

茱蒂 敬上

PS.

今年的萵苣收成不太好，都怪播種時天氣太乾燥了。

八月二十五日

親愛的叔叔：

傑比少爺終於來了，我們度過了一段非常愉快的日子，至少我是這麼認為，我想他應該也這麼覺得吧——他已經在這裡待了十天，卻絲毫沒有要離開的跡象。山普魯太太寵愛他的樣子簡直讓人看不下去。一個從小被溺愛的人，長大還能成為這麼棒的紳士，真是不可思議。

他和我用餐時，會將小餐桌搬到餐廳旁邊的玄關或是樹蔭下——遇到下雨或天冷時，我們就在最好的客房裡用餐。每次他決定用餐的地點之後，凱莉就會拿著桌子跟在他身後，搖搖晃晃搬到目的地，還得將碗盤大老遠搬過去，非常麻煩，不過每次凱莉都能在糖罐下收到一美元的小費。

傑比少爺真的很討人喜歡，雖然初見面時還不會給人這樣的感覺。第一眼看到他，會覺得他就是潘德爾頓家的人，不過事實卻非如此，他性格豪爽一點也不擺架子，又非常溫柔體貼。這樣形容一位男性也許有點奇怪，但我真的是這麼認為。

他對附近的居民也非常親切。他不會擺架子，當地的人很快就喜歡上他。一開始，大家看到他還是有些戒心，因為他們不喜歡他的奇裝異服。他穿著**燈籠褲**、白色法蘭絨上衣，還有鼓鼓的騎馬裝。

每當他穿上新衣，山普魯太太就會一臉驕傲，前前後後跟在他身邊，擔心他把衣服弄髒，或叮囑他坐下時要小心一點，真的好嘮叨。而傑比少爺總是回答：

燈籠褲
長度及膝的寬鬆褲子，褲口在膝蓋處收緊。

毛鉤
釣魚時專用的釣鉤，主要用於川釣。特色是在專用釣鉤別上羽毛，形似蚊蠅，吸引魚兒上鉤。

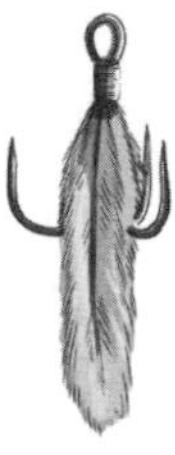

「莉西，妳趕快去忙自己的事吧，別想著要我乖乖聽話，我現在已經是個大人了。」

想到他這樣高大（他也跟叔叔您一樣腿很長）挺拔的男子，曾坐在山普魯太太的膝蓋上讓她洗臉，我就覺得好好笑。看到山普魯太太的膝蓋就更加覺得有趣，因為山普魯太太的膝蓋上堆著肥肉，下巴足足有三層。但傑比少爺說從前的山普魯太太非常精瘦，跑得比他還快呢。

我跟他一起進行了各種冒險，去鄉間小路探險，走了好幾公里。我還學會用形狀特異、上頭還裝飾著羽毛的**毛鉤**釣魚、用**來福槍**或手槍射擊。還有騎馬——就連老態龍鍾的葛洛佛也變得異常有精神。我們連續餵牠吃了三天的燕麥，沒想到當牠看到一頭小牛，竟然嚇得帶

來福槍
槍身內部有螺旋狀的溝槽，讓發射出去的子彈旋轉前進，增加飛行穩定與射程。

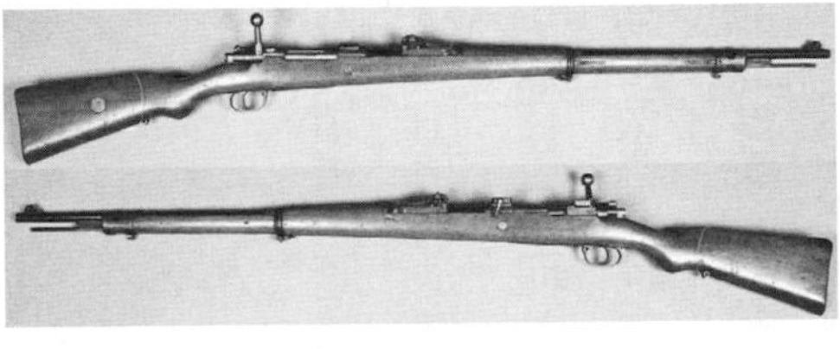

著我跑了好長一段路呢。

星期三

星期一下午過後，我們一同去攀登附近的一座天空山。山上沒有積雪，應該不是很高，不過爬到山頂時我們都快累癱了。山麓是濃密的一片樹林，山頂則是岩石堆積的廣大荒原。欣賞日落後，我們在山頂煮起了晚餐，由傑比少爺負責料理，他說他的手藝比我還好，也確實如此，他經常在野外露營，常自己動手做菜。

結束後，我們依著月光下山，來到森林時，道路一片漆黑，傑比少爺從口袋拿出手電筒為我照路。這一路真的很愉快，下山途中我們笑鬧著、互相開玩笑，聊了許多有趣的事情。

他讀了很多我讀過的書，也讀了不少我沒讀過的，他知道的事情真的好多，嚇了我一跳呢。

今天早上我們去遠足，半路遇到暴風雨，回到家時，我們已淋得全身溼透，可是一點也沒有澆熄我們的興致，真想讓您看看當我們渾身溼答答走進廚房時，山普魯太太臉上的表情。

「天啊，傑比少爺、茱蒂小姐，你們怎麼變成了落湯雞！唉呀，該怎麼辦才好？少爺你那件漂亮的新外套要報銷了啦！」

她的樣子實在太過好笑，簡直把我們當成十歲的小孩，而她自己是驚慌失措的母親，我幾乎要擔心喝茶時她會處罰我們不准吃果醬呢。

星期六

這封信是很久之前寫的，但我一直沒有時間把信寫完。

剛剛過了星期日晚上十一點左右，原本應該是入睡的時間，但今天晚餐我喝了一杯濃咖啡，現在一點也不想睡。

今天早上，山普魯太太嚴格的叮嚀潘德爾頓先生說：

「我們十一點要抵達教會，十點十五分之前一定要出門。」

「好的，我知道了。莉西，請妳幫我備好馬車，可是如果我換衣服花了太多時間，你們就不要等我先去吧。」傑比少爺說道。

「我等您一起去。」

「無所謂，不過還是別讓馬等太久較好。」

結果傑比少爺趁著山普魯太太去換衣服時，偷偷的叫凱莉做好便當，叫我換上適合散步的服裝，然後我們從後門偷溜，出發去釣魚。

這件事給家裡的人添了不少麻煩，因為洛克威勒農莊的星期日聚餐一向訂在下午兩點，傑比少爺卻說要改成七點。他總是在想吃的時間才吃飯，簡直像把這裡當成餐廳，凱莉和阿馬賽也因此無法駕車出去兜風了。

最可憐的人是山普魯太太，她深信星期天不做禮拜而跑去釣魚的人，死後將掉進滾燙的火地獄受苦，她很後悔自己沒在傑比少爺小時候還受教時好好教導他虔誠信仰上帝。其實還有一個原因是，山普魯太太非常想帶傑比少爺去教堂向她認識的人炫耀。

我們釣了魚（傑比少爺釣到四條小魚），午餐生火烤了這些魚。魚老是從竹籤上掉下來，沾滿了灰，但我們還是吃得一乾二淨。

我們四點回家，五點出去兜風，七點吃晚餐，十點被命令得上床睡覺了。所以現在我是躲在床上寫信給叔叔，差不多該睡了。

晚安。

請您看看這張畫，這可是我唯一釣到的收穫。

喂——那邊的船！長腿船長——停船啊！唷呼！來瓶萊姆酒吧。

您應該猜得到我現在讀的是哪一本書吧。這兩天來，我的話題只有大海和海

盜。《金銀島》實在是非常有趣的小說，叔叔您讀過嗎？還是您小時候它根本還沒出版呢？聽說史蒂文生這本書的版稅當初只有三十英鎊——即使已是大作家也賺不了什麼錢啊，那我可能還是去當學校老師好了。

我花了兩週的時間寫這封信，我想這樣的長度應該夠了吧，叔叔您就不會再嫌我寫得不夠仔細了。

我真的很希望叔叔也在這裡，跟我們一起共享這麼多快樂的事。好希望我最親近的人都可以成為好朋友。我想問問潘德爾頓先生是否在紐約見過您——他也許認識您，您跟傑比少爺一樣都是身處上流社會，也都致力於讓這個社會變得更好——問題是我不知道叔叔您叫什麼名字，這真是太奇怪了。李蓓特太太說您是個古怪的人，我覺得她說的並沒有錯。

附上我對您的愛　茱蒂　敬上

九月十日

親愛的叔叔：

傑比少爺回去了，我好想念他！無論是人、環境或生活方式，好不容易習慣的事物突然不在，我的心像破了一個洞那樣空虛，連跟山普魯太太說話也提不起勁。

再過兩個禮拜就要開學了，我很開心又能回去上課。不過這個夏天我寫了很多作品，一共有六篇短篇小說和七首詩。我將這些作品投稿到好幾家雜誌社，可是全都被退稿，但我不在意，這是很好的練習。

傑比少爺讀了我的書稿——他每天去收信，這件事瞞不了他——他說每一篇都寫得不好，我根本就不知道自己在寫什麼（傑比少爺說起真話還真是一點也不客氣），不過最後一篇——描寫我的大學生活的故事他覺得還不錯，於是幫我用打字機重新打字，投稿到某家雜誌社。

雜誌社收到那份書稿已經兩個禮拜，我想他們還在考慮要不要採用吧。

我真想讓叔叔看看此時此刻的天空，奇異的橘光照亮萬物，我想一定是暴風雨的前兆。

星期四

叔叔！叔叔！您猜怎麼著？剛剛郵差送了兩封信給我。

一封是我的小說獲得採用，稿費有五十美元耶。

啊啊，我終於成為作家了。

另一封信是學校的通知。我獲得一筆獎學金，包括兩年的學費和食宿費，這是某位校友為了獎勵成績優異，特別是「英文出色」的學生所成立的獎學金，今年由我獲得了呢。我要來上大學之前申請的，大一時數學跟拉丁文成績不好，還以為沒有希望呢，看來是後來的成績扳回了一城。

叔叔，我真的非常高興，再也不會成為您的負擔了，今後您只需要提供我每個月的零用金就夠了，我也會繼續寫小說、當家教，努力自立。

我真想馬上回到學校好好認真讀書。

再會。

吉露莎・亞伯特

〈大二生贏得比賽時〉作者

定價十分錢，將於報紙雜誌販賣店發售

成為大三生

九月二十六日

親愛的長腿叔叔：

我回到學校了，如今我已經是大三生，我們的書房變得比以往更好——有兩扇向南大大的窗戶，採光非常好。

壁紙是新的，還有東洋風的地毯，以及桃花心木的椅子——不是我們去年引以為傲、塗成桃花心木顏色的椅子，而是真正的桃花心木椅。這張椅子太過高級，還真的讓人有些不太適應呢，總擔心會不會不小心沾到墨水，每次使用都要小心翼翼。

還有，叔叔，您的來信……抱歉，我是說您的祕書的來信。

為什麼我不能接受那筆獎學金呢？請給我一個能說服我的理由。我真的不懂叔叔為什麼反對我接受獎學金。不過您說得再多也沒用，因為我已經收到了，也不打算改變心意。您可能會覺得我很任性，但我絕沒有那個意思。

當初叔叔資助我，是希望能夠幫助我接受完整的大學教育，在我順利拿到畢業證書時畫下完美的句點吧。

但也請您站在我的立場為我想想。請您千萬不要生氣，即使只有零用金，我也會像以往那樣滿心感謝您。

我要像茱莉亞那樣，過著符合這個房間的豪華生活，仍需要您提供的零用金不可。如果她能夠樸素一點，或是不跟我同住就好了。

這信實在短的不像封信，我原本還想要再寫多一點——不過，剛才我車了四張窗簾，以及門口三片門簾的縫邊（這麼粗的針腳幸好叔叔看不到），然後用牙膏擦亮桌上的黃銅文具組（非常費力），還要用修指甲的小剪刀剪掉用來掛畫框的鐵絲，將裝在四個箱子裡的書拿出來上架，整理滿滿兩皮箱的衣服（沒想到吉露莎・亞伯特竟然有滿滿兩箱的衣服，簡直就像做夢）。中間的空檔，我還去跟剛返校的五十名好朋友打招呼呢。

開學了，真好！

晚安了，叔叔。您的小雞已經學會自己覓食，請您不要再擔心，牠之後會健健康康，長成亭亭玉立的小母雞，不僅聲音清亮，還有豐富的羽翼呢。

（這一切都是托叔叔的福。）

永遠愛您的茱蒂　敬上

九月三十日

親愛的叔叔：

您怎麼還在堅持獎學金的事？我從未見過像叔叔這樣頑固、倔強、不通情理、像鬥牛犬般固執聽不懂人話的人。

叔叔說我不能接受素不相識的陌生人援助。陌生人——說這話的您，又是我的什麼人？這個世界上沒有人比叔叔您對我而言更陌生，就算偶然在路上遇見，我也不會知道眼前的人就是您。如果叔叔通情達理，總是像個溫柔的父親那樣寫封鼓勵的信給小茱蒂，偶爾過來看看我，摸摸我的頭說很高興茱蒂成為一個乖孩子——這樣的話，茱蒂絕對捨不得讓您老人家擔心，我會做個孝順的女兒，無論您要求什麼我都會答應。

什麼叫做素不相識？——指的是住在玻璃屋裡的史密斯先生您吧。

我不願意放棄獎學金。如果您再一直堅持下去，我連每個月的零用金都不要了，就讓我去當那些笨蛋新生的家教，筋疲力竭直到神經衰弱算了。

這是我最後的通知。

還有，關於叔叔您所擔心的，若我接受了獎學金將影響其他人受教育的權益，我有一個辦法，那就是把您原本要給我的錢轉去資助約翰·歌利亞孤兒院的其他女孩子吧，您不覺得這是很棒的點子嗎？當然叔叔想讓哪個女孩受教育是您的權利，可是希望您不要喜歡她多於喜歡我喔。

叔叔的祕書在信上提到的事我都不怎麼願意聽從，請您不要生氣，不過就算您真的生氣了我也沒辦法，是叔叔您的祕書太任性了。以前我一直乖乖聽話，但這次恕難從命。

心意已決、絕對不會改變主意的吉露莎·亞伯特　敬上

十一月九日

親愛的長腿叔叔：

今天我進城，買了一罐鞋油、兩三片衣領，還有接下來要縫製上衣的布料、一瓶紫羅蘭香的乳霜、還有一塊卸妝皂——全部都是必需品，要是沒有這些，我根本連一天都過不下去——進城途中我要付電車的車資時，才發現自己把錢包遺忘在另一件大衣的口袋，我只好下車回去拿錢包，改搭下一班車，結果體操課就遲到了。

沒錢跟有兩件大衣，還真是麻煩啊。

茱莉亞邀我去她家過聖誕。請問史密斯先生您覺得如何？在約翰·歌利亞孤兒院長大的吉露莎，竟然可以跟有錢人家同坐一桌。我不知道為何茱莉亞要邀請我去她家過節——茱莉亞這陣子似乎挺喜歡我的。坦白說，我比較希望可以去莎莉家玩，可是茱莉亞先開口邀了我，所以今年我不去伍斯特，而是要去紐約。想到要跟潘德爾頓家的人碰面，我還是有點提不起勁，而且，我還得做不少新洋裝才行——不過如果叔叔您覺得我留在宿舍安靜的過聖誕比較好，只要您一封信，我一定會如同往常，乖乖聽從您的吩咐。

我最近一有空就會閱讀《托馬斯．赫胥黎傳記與信件集》，這本書非常適合只有一點閒暇時閱讀。

叔叔知道什麼是始祖鳥嗎？是古代的一種鳥類。還有翼手龍——我不是很清楚，好像是長有牙齒的鳥，還是有翅膀的蜥蜴，我一直以為那是幻想生物，原來不是，剛剛查了書才知道原來是**中生代**的哺乳動物。

今年我修了經濟學——一門非常實用的學科，修完之後我會接著學習慈善與社工專業，這麼一來，親愛的董事先生，我就會懂得如何經營一間孤兒院。上週我剛

中生代

地質年代的第四代，分為三疊紀、侏羅紀、白堊紀，距今約兩億三千萬年前至六千六百萬年前。中生代的末期已可見現代生物的雛形。

滿二十一歲了。如果我有**選舉權**，我相信自己一定會是個合格的選民。

茱蒂　敬上

選舉權

人民依法選出民意代表或官員的權利。美國女性的選舉權，要到一九二〇年才經由憲法確立。

十二月七日

親愛的長腿叔叔：

謝謝您允許我接受茱莉亞的邀請——既然您沒有回信，那麼我就當作您默許了。

上週是我們學校的校慶舞會，由於只有高年級生可以入場，所以今年是我們第一次參加。

我邀請了吉米·馬克白做為我的舞伴，莎莉則是邀請了吉米在普林斯頓大學的室友，今年夏天去過她家山莊參加露營而認識的，他有一頭紅髮，感覺人很好。茱莉亞的舞伴則是特地從紐約請來，聽說是德・拉・馬特亞・吉切斯塔家的親戚，也許叔叔也認識那家人，我則完全不知道是何方神聖。

總之，客人都趕上了星期五下午在餐廳舉辦的茶會，晚餐則回飯店去吃。聽說飯店大客滿，他們只好睡在撞球檯上。吉米說下次他再受邀前來的話，一定要帶帳篷，直接在校園紮營。

隔天早上有合唱團表演的音樂會。您猜猜當天表演曲目中最有趣的那首新歌歌詞是誰寫的？沒錯，就是我。叔叔您長年關照的小小孤女，現今已非無名小卒了。

那兩天真的非常愉快。我們從普林斯頓大學請來的兩位舞伴都非常有趣，他們都彬彬有禮，也邀請我們參加明年春天的舞會——我們也接受了他們的邀請。叔叔，請您千萬不要反對。

茱莉亞、莎莉還有我都穿了新的禮服，在此我一併向您報告吧。茱莉亞穿著奶油色緞面禮服，上面鑲有金線刺繡，配戴著紫色蘭花，是從巴黎訂製的，聽說價值百萬美元，簡直美得有如夢幻。

莎莉的淺藍禮服上頭有**波斯刺繡**，非常襯她的一頭紅髮，雖然價格不及百萬，卻一點也不遜色於茱莉亞的禮服。

我的則是淺粉紅色的薄紗禮服，上頭有咖啡色蕾絲和玫瑰色緞子的滾邊，佩戴上吉米送我的深紅玫瑰花（莎莉事先告訴吉米我的禮服的顏色）。我們三人都穿了絲襪、綢緞鞋，以及搭配各自禮服的薄紗披巾。

如此鉅細靡遺的女裝描寫，叔叔是否也佩服我的文采了呢？

跟您說一個我最近發現的祕密，希望您不要覺得我太自戀喔。

我啊，其實長得很漂亮呢。

波斯刺繡

起源自波斯（現今的伊朗）的華麗織花刺繡，花紋極富變化，除了衣物，也適於製作窗簾或桌巾。

是真的，這房間裡有三面鏡子，倘若我還沒發現這件事，那我就真的是個大傻瓜了。

您的朋友　敬上

十二月二十日

親愛的長腿叔叔：

我現在只有一點點時間寫信，接下來我要上兩堂課，然後得將各式衣物等打包收進行李箱和旅行袋中，搭上四點的火車出發。但是，我一定要先讓您知道我收到您的聖誕禮物箱有多麼開心，才能安心出門。

箱內裝了毛皮大衣、項鍊、**利伯堤**的圍巾、手套、手帕、書本還有零用金，全都教我感激——但最最令我感激的還是是叔叔。可是您不能這樣寵我，我只是個普

利伯堤　英國知名織品老店，創立於十九世紀。

通人，而且是個沒有定力的年輕女孩，叔叔這樣讓我滿心歡喜，我怎麼有心思投入課業呢？

我想，我現在知道約翰・歌利亞孤兒院每年聖誕節或每個星期日都會請孩子吃冰淇淋的董事是誰了。那位好心人不願讓別人知道他的名字，但是從他送禮的方式，我可以推敲出他是誰了。叔叔做了這麼多好事，一定會很幸福吧。

再見。祝您也有個愉快的聖誕佳節。

茱蒂　敬上

PS.

我送了您一個小小紀念品，希望叔叔看到後，會喜歡這樣的我。

一月十一日

我原本想從紐約寫信給您，但是紐約真是個令人分心的城市。

這裡的生活太有趣了，我每天都過得神采奕奕，但我很慶幸自己不是潘德爾頓家的孩子，反而覺得生長在約翰・歌利亞孤兒院還好一點。

我雖然對自己的身世感到自卑，但我至少不用虛張聲勢的過日子。直到搭上回程的特快車那一刻，我一直無法喘過氣來。潘德爾頓家的家具全都是精雕細琢；眼前所見的每個人都身穿華服，放低聲音優雅說話，態度彬彬有禮。但是叔叔，直到我告別那個家，我的每一句話都不是發自內心，所謂的思想，根本進不了那戶人家的大門吧。

潘德爾頓夫人的腦袋裡除了寶石華服、交際應酬，根本裝不下其他東西，她跟馬克白太太是完全不同類型的母親。如果我將來結婚生小孩，我想要像馬克白太太那樣養育孩子，就算給我全世界的財富，我也不願將自己的孩子教養成潘德爾頓家的人那樣。如此批評招待我的人家似乎不太厚道，如果您感到冒犯，我很抱歉，我希望這是我跟叔叔之間的祕密。

我曾經在茶會上遇過傑比少爺，但沒有機會跟他單獨說話。去年夏天我們明明一起過得那麼開心，我真的有一點沮喪。他似乎也不怎麼喜歡他的親戚，而那家人好像也不是很喜歡他。茱莉亞的媽媽說他是個怪人，是個社會主義者——她說幸好傑比斯先生還不至於留長髮和繫紅領帶。茱莉亞的媽媽說潘德爾頓家一直都是虔誠的聖公會教徒，不知他這種奇怪的想法是哪裡來的。傑比少爺不把錢花在遊艇、車子還有**馬球**等時髦的事情上，卻拿去支持奇怪的改革。可是傑比少爺親自買了糖果，在聖誕節那天送我和茱莉亞一人一盒。他讓我也想成為社會主義者。

我參觀了戲劇院還有飯店等許多美輪美奐的建

馬球

選手騎乘在馬上，以前端呈T字形的木槌擊打木球，打進對方防守的球門為得分，總得分高的隊伍獲勝。

築，整個腦袋裡都是**瑪瑙**、鍍金、鑲嵌木工藝的地板和棕櫚樹，到現在我的腦袋還是一片混亂。我很高興可以回到學校，在學校沉穩的氛圍中，我覺得自己比在紐約更有朝氣。大學是可以使人心靈豐沛的地方，讀書、學習、規律上課，讓我的腦袋清晰極了，要是累了就去外頭活動活動筋骨，還有許多志同道合的好友，每次跟她們徹夜長談，我總能帶著滿足的心情進入夢鄉。而且還能隨意跟朋友開開玩笑，伶牙俐齒可是我的特長呢。

叔叔，您是否知道有哪位女哲學家讓我今後可以效法的呢？

茱蒂　敬上

瑪瑙　礦物。為結晶石英、玉髓及蛋白石的混合物，常用來做成首飾等精細手工藝品。

四月二十四日

親愛的長腿叔叔：

春天又再度來臨，真希望您能看看我們校園有多美麗。

上週五傑比少爺又來拜訪我們，不巧的是莎莉、茱莉亞跟我正要去趕火車。您猜我們要去哪裡？我們要去普林斯頓大學參加舞會還有觀賞球賽。很抱歉我先斬後奏，因為我怕您的祕書又會寫信來阻止我。不過我們可是乖乖遵守校規，向學校遞了假單，還請了馬克白太太當我們的隨行監護人。這次的普林斯頓大學之行真的非常愉快，不過發生的事情太多，我怕寫出來會亂成一團，我就不一一記錄了。

星期六

我們在黎明前就起床了，是夜間警衛叫醒我們的。起床後，我們用小火爐煮咖啡（從沒見過這麼多咖啡渣），走了三公里路去看日出，爬到只有一棵杉樹的山頂。最後一段山路我們爬得幾乎要喘不過氣，差點沒趕上日出！

您應該可以猜到我們回去吃早餐時肚子早餓扁了吧。

我原本還想告訴您長滿嫩葉的樹、操場上灑滿石炭的路、得了肺炎的卡瑟琳．布蘭提斯養的安哥拉小貓走失兩週後被女僕發現在宿舍裡、我新買的三件洋裝——白色、粉紅色和藍色小圓點，還有搭配這些衣服的帽子——但我現在睏得不得了。我總是以想睡為理由擱筆，可女子大學的生活就是如此忙碌，一天結束時我往往已經筋疲力盡，尤其是黎明就起床的這一天。

愛您的茱蒂　敬上

五月十五日

親愛的長腿叔叔：

搭車時，臉朝正前方，完全無視周遭的人，算是有禮貌嗎？

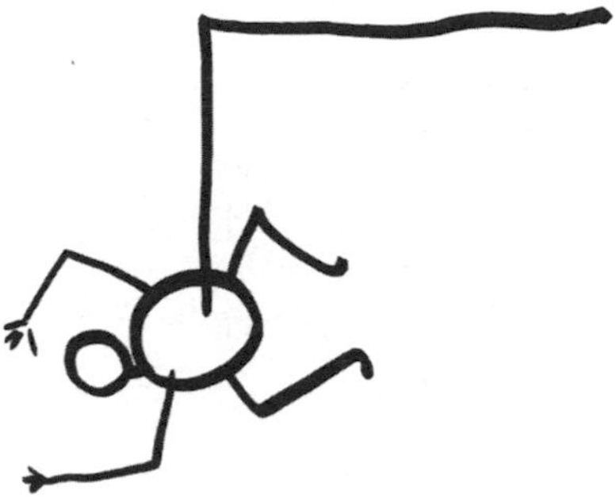

今天有一位穿著華麗天鵝絨洋裝的女性上車，在車上的十五分鐘她完全沒有任何表情，就是直盯著手拉吊環後的廣告海報，好像全世界就她最偉大，對旁人不屑一顧，我不覺得這樣的舉止稱得上有禮貌。不過呢，這樣人真是虧大了，在她目不轉睛盯著滑稽的海報時，我正在仔細觀察車裡許許多多有趣的人呢。

上方這幅畫，是我首次公開的作品。看起來是不是像隻蜘蛛身體被一條絲線垂吊起來？其實那是我在體育館游泳池練習游泳的樣子。

老師在我腰帶背後的扣環綁上繩子，繩子另一端綁在天花板的車軌。只要你信任老師，這其實是個很不錯的方法，但我一直很擔心老師會突然放開繩子，所以總是一隻眼睛偷瞄，只用一隻眼睛游泳，也因為分心，我的游泳技術遲遲無法進步。

這陣子天氣變化很大，我剛寫這封信時才下起雨，現在又出太陽了。莎莉跟我接下來要去打網球，這樣就可以不用去上體操課。

一週後

很早以前我就想寫這封信給您，卻一直拖著沒寫。我想就算沒有準時寫信，叔叔您也不會介意吧。

我真的很喜歡寫信給叔叔，感覺自己也有家人，在任何人面前都不會感到自卑。

跟您報告一個好消息，我的通信對象不再只有叔叔，還多了另外兩個人。今年冬天，傑比少爺寫了一封令人開心的長信給我（為了不讓茱莉亞發現，信封上的收信人還是用打字機打的）。您聽到這件事，是否感到吃驚呢？另外，每週都會有一封黃色信紙上寫著歪扭字體的信從普林斯頓大學寄來。無論哪一方，我都禮貌而客氣的回覆。叔叔您看，我是不是也跟這世上其他女孩子一樣，也有男生寫信給我了。

我告訴過您我被選為話劇社的社員嗎？這個社團裡的成員全都是一時之選，全校一千人中，只有七十五人能夠入選。叔叔，您覺得一個人既是社會主義者又成為戲劇社的社員好嗎？

您知道我現在多著迷於社會學嗎？我的論文題目是〈保護沒有監護者的兒童〉。老師在紙條上隨機出了不同的題目，竟讓我抽到這一題，真是神奇的巧合。

晚餐的鐘聲響起了，我剛好會經過郵筒，就順便將這封信投進去吧。

愛您的J　敬上

六月四日

親愛的叔叔：

最近我真的好忙——再過十天學校要舉辦畢業典禮，我們大三生則是明天要期末考了。要讀的書多得像座山，行李也堆積如山，外面的原野跟群山那麼美，一直關在房子裡還真是令人氣悶啊。

不過沒關係，馬上就要放假了。茱莉亞這個夏天要出國，這已經是她第四次出國了。叔叔，上帝還真是不公平。

莎莉跟以往一樣要去阿迪龍達克山莊。那您猜猜我要去哪裡呢？叔叔，我想您的答案應該有三個吧。洛克威勒農莊嗎？不對；跟莎莉一起去阿迪龍達克山莊嗎？不對（我不會再有想去的念頭了，去年的事真的傷透了我的心）；您還有其他答案嗎？我想叔叔您應該不會發覺這件事，如果您答應我不多說什麼，我就告訴您，我已經告訴您的祕書我的決定了。

這個夏天，我要和查爾斯．帕德森夫人去海邊，教她今年秋天要上大學的女兒讀書。是馬克白太太介紹我跟帕德森夫人認識的，她是位魅力十足的女性。

我要教她的女兒英文和拉丁文，課餘也會有自己的休閒時間，而且一個月能獲得五十美元的報酬。聽到這麼多錢，您也嚇了一跳吧，這是夫人自己決定要給我的金額。

我要在木蘭村（帕德森家別墅的所在地）待到九月一日，之後的三個星期會去洛克威勒農莊，好想趕快見到山普魯夫婦和那群令人懷念的動物啊。

叔叔，您覺得我的計畫如何？我已經漸漸可以獨立囉。正如叔叔您的計畫，現在我真的可以自己一個人邁開步伐走了。

普林斯頓大學的畢業典禮跟我們的期末考撞期，真令人沮喪。原本我跟莎莉無論如何都想去觀禮，自然是行不通。

再見了，叔叔，祝您有個愉快的夏天。我會好好休息，養精蓄銳，等秋天回到學校，就能再努力讀書（我想叔叔您也會這麼叮嚀我吧）。

我不知道叔叔的夏天都怎麼過，也不知道您會遇到什麼愉快的事，我完全無法想像叔叔生活的狀況。您喜歡打高爾夫球、打獵或騎馬嗎？還是喜歡悠閒的邊曬太陽邊思考呢？

總之，不論做什麼事情，都希望您能過得愉快。然後，請您千望不要忘了您的小茱蒂喔。

六月十日

親愛的叔叔：

我還是第一次寫這麼困難的信，但我已經明確決定自己要做的事了，事到如今，我絕對不會改變心意。您說今年夏天要送我去歐洲，我真的非常感謝您的好意，甚至有好一陣子，我一直開心的沉浸在您的提議之中，但冷靜思考後，我還是決定要婉拒您。

既然已經拒絕您資助我的學費，卻收下您的錢出國去玩，這實在是說不過去。

請您不要讓我養成奢侈的習慣。無論任何人，過去從來不曾擁有過的東西即使現在沒有也不會太難過，但是相反的，曾經擁有的東西一旦失去就會痛苦難當。

跟莎莉還有茱莉亞一起生活，我需要付出相當大的努力，她們自出生以來就習慣擁有一切，她們的幸福是理所當然，覺得世上的人都欠她們，想要的東西都應該得到，但我不一樣，這個世界不欠我什麼。

我舉的例子可能很亂來，可是仍希望叔叔能夠懂得我想表達的意思。

總之，我覺得這個夏天去當家教並試著一個人生活是最正確的選擇。

四天過後

叔叔，您猜猜當我寫到這邊時發生了什麼事？剛剛女僕拿了傑比少爺的名片來給我。

傑比少爺今年夏天也要出國，不是跟茱莉亞或其他家人，而是獨自一人前去。我把叔叔您要我「和其他年輕女孩子在一位女士的陪同下一起去歐洲」的事也跟他說了，原來傑比少爺認識您。他說他知道我父母雙亡，由一位好心人資助我上大學，但我沒有勇氣告訴他約翰．歌利亞孤兒院以及其他事情。

傑比少爺好像以為叔叔跟我家從很久以前就是世交，所以我無法告訴他，我跟您不曾謀面，否則他一定會覺得很奇怪。

總之，傑比少爺一直慫恿我去歐洲，他說去歐洲見見世面也是教育的一部分，不應該拒絕您的好意。而且，傑比少爺在那段時期也會去巴黎，這樣我就可以偶爾擺脫隨行的阿姨，和他在國外的餐廳一起用餐。

叔叔，這個提議真的很吸引我，我差一點就要答應了。如果傑比少爺不是採用命令的態度，也許我早就舉手投降。要是他一步步動之以情說之以理，我就會聽從。但是我最討厭被人命令，他竟然罵我是笨蛋、倔強、不懂事（這只是他罵我的一部分內容，其餘的我忘記了），還說我不知好歹、不聽老人言，我們差點就要大吵了——不對，我們已經吵起來了。

和他吵完後，我馬上打包行李來到這裡。我覺得在寫完給叔叔的信之前，應該要有壯士斷腕的決心，一定要完全斷絕去巴黎的可能才行。

現在我已經來到了「崖頂」（這是帕德森太太為別墅取的名字），卸下行李，教佛羅倫斯（年紀較小的那位小姐）拉丁文。這女孩簡直被寵壞了，我得先教會她讀書的方法才行，目前的她無法集中在比冰淇淋蘇打汽水更複雜的事情上。

我們在懸崖上頭上課（帕德森太太希望盡量讓孩子接觸大自然），看著湛藍的海洋以及在海上行駛的船隻，要不分心真的很難。我總是忍不住想要是能搭那艘船到國外玩去就好了，但我決定除了拉丁文法之外，不再去思考其他的事情。

叔叔，您懂像這樣子心無旁騖、專心工作的感覺嗎？請您千萬不要覺得不開心，也不要認為我不知好歹，您對於我的好，我總是充滿感謝。真的，一直以來我都是這麼想。

我唯一能夠回報您的，就是成為對世界有用的人，將來叔叔看到我的時候，就能欣慰的說：「我為這個世界培養出一個如此有用的人。」

如果真能這樣該有多好啊。但是，我不希望叔叔誤會，我一直不覺得自己很優秀，計畫將來雖然令人愉快，但我可能也只是成為跟一般人沒什麼兩樣的平凡人，也許嫁給開葬儀社的人，成為一個偶爾給丈夫提供好點子的太太，就這樣過一輩子也說不定。

再會了。

茱蒂 敬上

八月十九日

親愛的長腿叔叔：

從我的房間看出去的景色，真的非常開闊。

夏天逐漸過去，上午我必須教兩個不太聰明的孩子拉丁文、英文和幾何學。我真的不知道瑪莉安這樣要怎麼上大學，就算進了大學，能否順利畢業也令人懷疑；佛羅倫斯則是完全無望，不過她真是個小美人，有這麼漂亮的臉蛋，就算腦袋不太好，我想也無關緊要吧。

到了下午，我就去崖邊散散步，海況佳時就去游泳，在海水裡游起泳來相當輕鬆，之前在學校學的游泳總算派上用場了。

人在巴黎的傑比斯·潘德爾頓先生寫了一封信給我，內容很簡短。我不聽他的勸，他現在還在氣我。他說如果他來得及回國，開學前也許我們還可以在洛克威勒農莊相處四、五天。如果我表現得乖一點，也許他會考慮跟我和好（信件內容大約是這個意思啦）。

莎莉也寫信給我，她問我九月要不要去山莊住兩週。如果沒有得到叔叔的允許，我應該不能去吧，我的年紀還不到可以自己決定想做的事——才怪！我已經到這個年紀了——我即將成為大四生，暑假還自己打工賺錢，稍微從事讓自己身心健康的娛樂活動也不為過吧。我也想看看去阿迪龍達克是什麼樣子，想跟莎莉見面，也想跟莎莉的哥哥見面，想讓他教我划獨木舟。而且我希望傑比少爺到洛克威勒農莊時，發現我人不在那裡（這是我想去山莊最大的理由，說出來您可能會覺得我很卑鄙）。

我想讓他知道，我不是能任人擺布，能指使我的只有叔叔。不過對於您，我也不是事事言聽計從就是了。等下我要去森林散步了。

寫於馬克白家的別墅

九月六日

親愛的叔叔：

您的信我沒有及時收到（感謝老天爺）如果您想要命令我，務必請您的祕書在兩週之前一定要告訴我。正如您所見，我來這裡已經五天了。

這裡的森林真的很棒，別墅、氣候都很完美，更棒的就是馬克白家的人，我真幸運。

吉米來叫我去划獨木舟了，那麼先說再見囉——很抱歉我違背了您的命令，我不懂叔叔為何如此反對我稍微輕鬆一下呢？這整個夏天我都在工作，放鬆個兩星期我覺得並不為過。叔叔您簡直就像《伊索寓言》裡那隻壞狗狗，自己不能享受的東西也不肯給人。

即使如此，我還是最喜歡叔叔了，即使您有很多缺點，我還是愛您。

茱蒂　敬上

成為大四生

十月三日

親愛的長腿叔叔：

我回到學校了。我升上大四了，並且還當上校刊的編輯喔。誰能想得到像我這樣知悉世事的人，四年前竟然待在約翰．歌利亞孤兒院，簡直不可思議。在美國這個國家，一切還真是進展快速啊。

叔叔，有件事我想問問您怎麼想。傑比少爺寄到洛克威勒農莊的信，轉寄到這邊來了。信中說很可惜今年秋天無法去農莊，因為有朋友邀他去搭遊艇，祝我在鄉下能有個愉快的夏日假期。

他明明就知道我去了馬克白家的別墅，因為茱莉亞說她曾告訴他這件事。說到耍心機，男生終究比不上女生，他們不擅長不著痕跡的假裝不在乎。

茱莉亞買了整整一箱美得令人屏息的衣服，其中一件利伯堤的彩虹皺紗洋裝，簡直就是天使的衣著。雖說如此，我覺得今年我自己的洋裝也是美得空前絕後（有人用這種方式形容嗎）。雖然是在便宜的洋裝店訂做的，不過我請師傅模仿帕德森夫人衣服的樣式，在茱莉亞打開她的衣箱之前，我還是相當滿意。不過，看過巴黎的高級訂製服之後，還是會覺得自己矮人一截。

叔叔曾慶幸自己不是女孩子嗎？您會覺得女孩子為了衣服患得患失很愚蠢嗎？沒錯，女孩子就是如此，可換成男士這樣就不行了。

叔叔曾聽過有位學識豐富的教授提倡女人的衣服應拿掉多餘裝飾，以樸素實穿為佳嗎？那位學者的太太也真的很聽話，她實行了丈夫所說的「服裝改革」。但您知道後來發生什麼事嗎？她丈夫竟然跟一名歌舞女伶私奔了！

永遠愛您的茱蒂　敬上

PS.

我們這層樓負責打掃房間的女僕穿著一條藍格紋棉布圍裙，我看到馬上去買了一條咖啡色的跟她換。我打算把那條藍色格紋圍裙沉到湖底，因為每次看到那條圍裙，總會讓我想起孤兒院時期。

十一月十七日

親愛的長腿叔叔：

我的作家之路上發生了一件令人沮喪的事情。我不知道是否應該告訴叔叔，我希望您能夠同情我，不過請您默默在心中同情就好。這次寫這封信，等於又要把我心中的傷口再掀開一次。

去年冬天每個晚上，還有今年暑假，每當不用教那些腦袋不甚好的小姐拉丁文的空檔，我就動筆寫小說，最後終於在開學前完成，並將書稿寄給出版社。那份書稿在出版社待了兩個月，我還以為他們錄用了，沒想到昨天早上送來了一個快遞包裹，打開一看，原來是被退回來的書稿及出版社的回信。信中的語氣就像親切的父親，用詞卻相當直接、不客氣。

上面寫說，從寄信地址看來我應該還在讀大學吧，如果願意聽取他人的忠告，他會建議我將全部心力拿來衝刺學業，等畢業後再寫小說。此外，信中還附了編輯對書稿的想法，內容是這樣的：

「故事情節很逗趣，可惜人物描寫不夠深刻，對話也不自然；文筆幽默，卻流於俗套。請轉告作者一定要繼續寫下去，也許有一天能寫出真正的佳作。」

叔叔，這樣的批評實在無法令人開心，可我仍覺得自己對美國文學有極大貢獻，這個故事的素材是去年聖誕節在茱莉亞家過節時蒐集的，它反映了紐約上流社會的生活。不過出版社的指正也確實有理，短短的兩個星期，還是不足以完整觀察大都會的風氣和習慣。

今天下午，我帶著那疊書稿出門散步，經過暖氣設備屋前，我走進裡面，向技師拜託：「爐子借我用一下。」技師允許並打開了爐子，然後我親手將書稿丟進爐內燒掉，感覺就像看著自己的孩子的火葬。

昨晚我抱著悲傷的心情上床，覺得自己無法成為有用的人，甚至覺得自己是在浪費叔叔的錢。可是今天早上一睜開眼睛，我馬上想到很棒的小說題目，今天一整天，我一直抱著難以言喻的興奮心情構思小說人物，一下就過了一天。

誰能說我是悲觀主義者呢？假如我的丈夫跟十二個孩子因地震在一天內全部喪生，隔天早上也許我又可以微笑起床，去建立全新的家庭吧。

再會。

茱蒂　敬上

十二月十四日

親愛的長腿叔叔：

昨晚我做了一個很奇怪的夢。我夢見自己到某間書店，店員拿了一本新書《茱蒂．亞伯特的生涯與信件》給我。我記得很清楚，那本書的紅布封面上繪有約翰．歌利亞孤兒院的插畫。我的照片就放在書名頁，寫著「你最真實的茱蒂．亞伯特」。當我翻到最後一頁，想看看自己的墓誌銘上寫什麼時就醒過來了。真是太可惜了！只差一點點，我就可以看到自己嫁給誰、何時死去了。

若能讀到**全知者**為我們寫的故事，是不是很有趣？

那故事我們一讀便再也不會忘記，所以在一開始就知道自己會怎麼做、得到怎樣結果的情況下活著，連自己會如何死亡，在何時結束一生都一清二楚。

這麼一來，又有多少人能鼓起勇氣讀這本書呢？有多少人能按捺住好奇心不去讀呢？讀了之後，你可能會失去希望，毫無驚喜度過一生。即便如此，應該很少有人能夠抑制好奇心而不去閱讀吧？

人生再怎麼美好，其實跟別人也沒有太大的差

全知者

擁有了解一切事物的能力、預知所有事情演變的人。在寫作上指的是第一人稱。

別，就是一直重複吃飯睡覺這些事。但請您想像一下，每頓飯之間若沒有什麼意想不到的事情發生，那樣的人生該有多麼無聊啊。

唉呀，突然掉下一滴墨水弄髒了紙，不過我都已經寫了三頁，無法再重寫。

這封信的內容好像太難了，叔叔讀得頭痛了嗎？我打算就此擱筆去做點心了。真可惜我不能將親手做的牛奶糖寄給您，我們在材料裡用了真奶油和三個奶油球，真的非常美味呢。

再會。

茱蒂　敬上

PS.

這陣子的體操課我們在學跳舞。看到這張畫，您就可以知道我們跳得有多麼像真正的芭蕾，其中跳得最優美的那個人就是我。

十二月二十六日

親愛的長腿叔叔：

您是不是不太有常識呢？怎麼會一口氣送十七樣聖誕禮物給一個少女呢！請您不要忘了我可是社會主義者，難道叔叔想把我培養成拜金主義者嗎？

如果有一天我跟叔叔吵架，那就糟了，因為我必須雇一台搬家貨車，才能把您的禮物全部退還給您。

很抱歉我送您的領帶好醜。那是我自己編的，請您只在天冷的時候戴，而且要記得將大衣鈕扣全部扣上，千萬別讓任何人看到。

叔叔，真的很感謝您，您是這世界上最溫柔同時也是最傻氣的人。

茱蒂　敬上

祝您新年快樂，隨信附上我在馬克白家的別墅採到的**四葉幸運草**。

四葉幸運草

酢漿草科多年生植物。葉子由三片小葉形成，四葉極為稀有，傳說找到四葉就能擁有好運。

在洛克威勒農莊

四月四日

親愛的叔叔：

您看到信封上的**郵戳**了嗎？莎莉跟我來到洛克威勒農莊過復活節，這裡因我們的到來變得好熱鬧啊。我覺得這十天的假期在安靜的地方度過是最好的。在校時總是神經緊繃，而且我們已經受不了費格森樓的餐廳了。四百名學生同在一處用餐，對身心疲倦的人而言，簡直煎熬，再者，餐廳實在太吵，想跟同桌對面的人交談，還得用手做出擴音器的形狀大聲說話才行，我真的不誇張。

我們兩人每天去山丘上散步，讀書寫字，度過愉快的假期。今天早上，我爬上之前跟傑比少爺一起露營炊飯的天空山——沒想到已經過了快要兩年了，真令人難以置信。我還看到之前我們生火時熏黑的痕跡。他不在，我感到有點覺得寂寞。不過，這樣的念頭只存在兩分鐘。

叔叔，您知道最近我做了哪些事嗎？您一定會覺得我真是無可救藥了——我在寫小說。自三個禮拜前我就一直發憤創作，我想我已經掌握了寫小說的訣竅了。傑比少爺跟編輯的意見是對的，寫自己了解的東西，最能夠打動人心，這次我只寫自己熟知的事——我要把我所知道的一切全都寫下來。您猜猜我的故事背景是哪裡？就是約翰·歌利亞孤兒院，雖然寫的只是那裡每天發生的小事，但我覺得自己寫得很好呢。

這部小說一定要完成，並且出版！請您拭目以待。任何事情只要懷抱熱情努力，最後一定可以達成願

郵戳
郵局在信封上的郵票或明信片，所蓋的戳章，上有日期與地名。

望。這四年來我一直希望可以收到叔叔的信，直至現在我仍舊沒有放棄這個夢想。

您最親愛的茱蒂　敬上

PS.

我忘了告訴您農場的事，這次是個悲傷的壞消息。可憐的老馬葛洛佛去世了。牠衰老得步履蹣跚且無法進食，最後只好射殺牠好結束牠的痛苦。

五月十七日

親愛的長腿叔叔：

這封信比較簡短。現在我一看到筆就覺得肩膀痠痛，是因為白天上課要做筆記，晚上又狂寫小說的關係。

畢業典禮是三週後的星期三，叔叔會來參加我的畢業典禮吧？要是不來，我會怨恨您的。茱莉亞邀請傑比少爺來觀禮，因為傑比少爺是她的親戚；莎莉邀請了吉米，因為吉米是她的家人。那我應該邀請誰來呢？我能夠邀請的對象就只有叔叔和李蓓特太太。我可不希望是院長，只好請您務必前來參加。

茱蒂　敬上

寫於洛克威勒農莊

六月十九日

叔叔，我完成大學教育了。我將畢業證書跟最好的兩件洋裝，一起珍藏在衣櫃最下方的抽屜。

畢業典禮跟以往一樣，最重要的時刻降下了兩、三滴雨。謝謝您送我含苞待放的玫瑰花束，真的好美。傑比少爺跟吉米也送了玫瑰給我，但我將他們兩人送的花撒在浴缸裡泡澡，只抱著叔叔您送我的花束出席畢業典禮。

現在，我來到洛克威勒度過夏天。也許我會一直待在這裡，這裡的餐費便宜，環境清幽，最適合寫小說了。現在的我沉迷於寫小說，每天眼睛一睜開，就一直想著小說，連夜裡做夢也是。現在我需要的，只有工作的時間和一個清靜的地方（以及偶爾吃頓營養豐富的餐點）而已。

傑比少爺將在八月時來這裡一個星期，吉米今年夏天也會來這裡。吉米在證券公司上班，到各地販賣證券，打算趁著拜訪此地的農民銀行時順道過來看我。

看來洛克威勒也不是完全沒有社交的地方。我原本妄想叔叔可能會趁著路過時前來探望，現在我知道這是癡人說夢話，因為您連我的畢業典禮都沒來，從那時起我就決定把叔叔從我的心中抹掉，將您埋葬在心底。

文學學士茱蒂．亞伯特　敬上

七月二十四日

我最親愛的長腿叔叔：

工作真是令人愉快。叔叔您曾工作過嗎？尤其是做自己喜歡的工作，更是讓人來勁。這個夏天我只要一握筆，就會文思泉湧的寫出字來。

我的小說已經完成第二回的初稿了，明天早上七點半要寫第三回，這次真的是超越前作的優秀作品——我是說真的。除了寫作我完全無法思考其他事，早上起床後，我會先換衣服、吃飯，一吃完早餐就迫不及待的拚命寫直到最後精疲力竭。然後帶柯林（這裡新養的牧羊犬）外出散步，順便思考隔天的寫作題材。這次真的是超越前作的優秀作品——這句話我剛才也說過了。

叔叔，您會不會覺得我很自戀啊？

我們換個話題好了。叔叔，我跟您提過阿馬賽跟凱莉已經在五月結婚的事嗎？

他們還是繼續留在農莊工作，不過婚後的兩個人都變了。之前阿馬賽走過泥路，回來把整個地板弄得都是泥土時，凱莉看了只是咯咯笑，現在我真想讓您親耳聽聽她是怎麼罵阿馬賽。

吉米上週日來農莊拜訪，午餐時我們請他吃炸雞和冰淇淋，他都滿喜歡的。能夠見到吉米真的很開心，雖然只是一會兒的時間，他讓我想起外頭還有廣大的世界。

可憐的吉米每天忙著販賣證券，但我想他最後還是會回到伍斯特繼承父親的事業吧。生性坦率、正直、親切的他，恐怕無法在證券業獲得成功。能夠成為生意興隆的工作服工廠老闆，他的家世還真是令人羨慕啊。他現在對工作服不屑一顧，但我相信他過不了多久就會乖乖回家的。

茱蒂　敬上

再會了。

PS.

郵差帶來了新消息。傑比少爺星期五要來這裡住一個星期。他來固然令人高興，可對我的小說寫作進度而言卻是困擾，因為傑比少爺對文章的要求很高。

八月二十七日

親愛的長腿叔叔：

叔叔到底人在哪裡呢？

我完全無法預測您到底在這個世界的哪一處。天氣這麼熱，希望您不在紐約。如果您能在哪座山上（不是瑞士，而是更近的）一邊賞雪一邊想著我，那該有多好。請您一定要記得想我。

我一個人孤伶伶的，總希望有人能夠想起我。啊啊，叔叔，我真的好想見到您。這麼一來，悲傷的時候，我們就可以安慰彼此了。

我再也無法忍受在洛克威勒的生活了，我想要搬到別的地方。莎莉冬天要去波士頓，在那邊擔任**社福人員**。您覺得我也去好嗎？如此一來，白天我可以寫小說，到了晚上跟莎莉兩個人一起較好打發時間。否則這裡除了山普魯夫婦、凱莉和阿馬賽之外，我沒有其他可以說話的對象，長夜漫漫真的非常無聊。我知道叔叔不喜歡我另外找新的工作室，我已經可以預見您的祕書的來信了。

吉露莎．亞伯特小姐：

史密斯先生希望您能夠一直待在洛克威勒農莊。

愛爾默．H．格利格斯　敬上

社福人員
提供窮人教育、宗教、醫療各方面扶助的社會福利事業。起源於十九世紀末期，由英國的牛津大學和劍橋大學的學生發起。

我最討厭叔叔的祕書了。可是叔叔，我一定要到波士頓去，我不能再一直待在這裡。再沒什麼新奇的事情發生，我一定會自暴自棄，跳進乾草倉庫的草堆裡。天氣怎麼會這麼熱，草都熱枯了，連小河也乾涸了。整條道路塵土飛揚，已經有好幾週沒降雨了。

看完這封信，您可能會以為我中暑了。不是，我只是想要有個家人而已。

我最喜歡的叔叔，再會了。

非常企盼見您一面的茱蒂　敬上

九月十九日

寫於洛克威勒農莊

叔叔，我有一件事一定要跟您討論，這件事不能跟其他人說，我很想聽聽叔叔的意見。我能否見您一面呢？直接跟您討論會好很多，因為我擔心信的內容被您的祕書看到。

茱蒂　敬上

PS.

我真的很不幸。

十月三日

寫於洛克威勒農莊

親愛的長腿叔叔：

叔叔您寫的信——字跡都在顫抖——今天早上送達了。沒想到您竟然生病了，我真的很抱歉。要是知道您的狀況，我就不會拿自己的事情來煩您了。好的，我要來說我的煩惱了。這件事要寫在信上實在是太複雜了，請您務必保密，讀完也不要留下，請您直接燒掉。

寫這封信之前，我先附上一千美元的支票，您不會想到我竟然會寄上支票吧。您知道這筆錢怎麼來的嗎？

叔叔，我的小說賣出去了！這部小說將分成七次在雜誌上連載，之後結集成書發售。您覺得我現在一定欣喜若狂吧？您猜錯了，我現在非常冷靜。當然，我很高興能夠把錢還給您——我大約還欠您兩千美元，請讓我分批償還，請務必收下，千萬別說任何掃興的話，能夠還錢給您是我的幸福。我不僅要還錢給您，還想報答您。我打算這一輩子都帶著感謝與愛，來報答您對我的恩惠。

叔叔，接下來我要告訴您其他事情，請您不要顧慮我會高興還是難過，我只想聽聽叔叔您最真實的想法。

您知道，我對您懷著非常特別的心情，因為您就是我全部的家人。但如果我說除了您之外，我還對其他男性懷有特別的感情，您會生氣嗎？我想，您一定馬上就知道我指的是誰吧。

從很久以前，我的信中就一直提到傑比少爺的事。

我希望您能知道傑比少爺是怎樣的人，也知道我們兩人相處時有多麼融洽，我跟傑比少爺的想法總是一拍即合，也許根本是我在迎合他。我想應該是這樣沒錯，畢竟他比我在這個世上多活了十四年。

但是，說到其他事情，他簡直就是個大孩子，必須有人照顧才行。因為即使下雨，他也不會想到要穿上雨衣。

我們的腦袋總是想著同一件事，真的很不可思議。這一點非常重要，萬一兩人的意見不合，那可就糟糕了，因為思想的鴻溝無法跨越。

然後，他……我真的不知該怎麼說才好，他一不在身邊，我就非常寂寞，寂寞到瘋掉，整個世界一片荒蕪，就快得相思病。

我好恨美麗的月光，因為沒有人能夠跟我一起欣賞這樣的月色。我想，叔叔一定也曾愛過某個人吧，那您應該可以明白我現在的心情。既然如此，我就不用多說了，如果您沒有過這樣的經驗，那麼我也不知道該如何表達這種感覺。

總之，這就是我的心情。

但是我卻拒絕了他的求婚。

我無法說出拒絕的理由，只是默默的不語，因為我實在不知該說什麼好。結果他竟以為我是想跟吉米．馬克白結婚而拒絕，轉身就離開了。我從未想過要跟吉米結婚，在我眼中，吉米根本還是個孩子啊。

然而，傑比少爺跟我卻為了如此可笑的誤會彼此難過傷心。他不知道正是因為我太喜歡他了，我才擔心他如果跟我結婚之後一定會後悔，一想到這裡，我就心痛難耐。

像我這樣不知自己真正姓名為何的人，怎麼能跟他那樣有家世的人結婚呢？我從未跟任何人提過孤兒院，也不想跟他說我根本不知道自己的身世。他的家人都很驕傲，可我也有我的自尊。

況且，我覺得自己對叔叔還有義務未盡。您讓我受教育是為了將我培養成小說家，因此我至少必須得先朝這個目標努力才行。您讓我受了教育，我又怎能就此丟下一切去結婚呢。不過，現在我已經有能力還錢給叔叔，心裡多少覺得輕鬆一點。而且，即使結婚也還是可以成為小說家，我想結婚跟寫小說並不抵觸吧。

您覺得我該不該去找他，告訴他我拒絕求婚的理由不是為了吉米．馬克白，而是因為我是約翰．歌利亞孤兒院的孤兒。這麼可怕的事我能做到嗎？我需要很大的勇氣，我甚至覺得不如放棄，一輩子窩囊的活著還比較好。

傑比少爺求婚是兩個月前的事，他回去之後就再也不曾寫信給我了。正當我慢慢的習慣寂寞時，突然收到了茱莉亞的來信，擾亂了我心中的一池春水。茱莉亞在信中不經意提到傑比少爺去加拿大打獵，遇到下了一整晚的大雨，結果感染肺炎，一直在休養。這件事我竟然一點都不知情，還氣他一句話不說就消失得無影無蹤，現在我相信他一定非常難過，跟我有相同的心情。

叔叔請您告訴我，我到底該怎麼辦才好？

茱蒂　敬上

十月六日

我最懷念的長腿叔叔：

好的！我一定會前去拜訪您，就約這個星期三下午四點半是吧！我當然知道怎麼去，畢竟我可是去過紐約三次，而且我已經不是小孩了。沒想到我竟然可以跟叔叔見面！長久以來，我只能想像您是怎樣的人，實在無法相信叔叔竟是有血有肉、可以觸摸到的真實存在。

您身體不好卻還這麼關心我，我真的很感謝。請您小心不要感冒，秋季的雨濕氣較重，請務必保重。

愛您的茱蒂　敬上

PS.

我突然想起來，叔叔家有管家嗎？我最怕管家了。萬一是管家來開門，我實在很擔心自己會昏倒在門外階梯。

我該對管家說什麼才好？叔叔您沒告訴過我您的真名，還是告訴他我跟史密斯先生有約就可以了呢？

星期四的早上

我最愛最愛的傑比少爺，同時也是我的長腿叔叔潘德爾頓·史密斯先生：

昨晚睡得好嗎？我整夜無法闔眼，一點睡意也沒有，我實在太驚訝、太興奮、太迷惘，還有太幸福了。我覺得今後我一定會幸福得睡不著也吃不下。

你應該已經睡了吧？你一定要乖乖睡覺喔，不然你就不能趕快痊癒，快點來到我身邊陪我。

我最懷念的人啊，一想到你當初的病情有多麼嚴重我就好心疼，可是我卻一點也不知情。昨天醫生送我到玄關，親眼看著我上馬車時還說這三天他原本已經不抱任何希望了。啊啊，如果真的發生這種憾事，我的太陽就要從這世上消失了。總有一天，在遙遠的將來——我們其中一個，一定得留下另一個人離開，在那天來臨之前，我們一定要創造許多美好的回憶。

我想為你打氣，但得先幫自己打氣才行。現在的我雖然正在經歷前所未有的幸福，心情卻比以往更加嚴肅。心中時常浮現不安的念頭，擔心你要是有個萬一該怎麼辦？以往的我天真無邪、悠閒度日，什麼都不需擔心，因為我沒什麼好失去，如今我卻懷抱前所未有的不安，只要你不在我身邊，就會擔心你是不是被車撞到、被招牌砸到或是不小心吞下什麼細菌，一直擔心這些有的沒的，我已經失去了內心的平靜。不過別擔心，我這個人本來就不喜歡平凡的日子。

請你一定要早日康復，我希望你能待在我觸手可及的地方，這樣就可以確認你是不是真實存在。

跟你在一起的三十分鐘實在是太短暫了，感覺就像做夢。如果我也是你家族的一員（例如你的遠房表妹什麼的），我一定每天去探病，唸書給你聽，替你拍鬆枕頭，幫你撫平眉間的皺紋，讓你嘴角的皺紋轉變成最愉快的笑容。不過，你一定可以恢復健康的，昨天與你分開時，你看起來很有精神。醫生對我說：「自從妳來了之後，病人頓時年輕了十歲，我想妳一定是很棒的護士。」如果喜歡上一個人就會年輕十歲，那還真令人困擾。要是我變成十一歲的小女孩，你還會喜歡我嗎？

昨天真是美好的一天，就算我活到了九十九歲，相信我一定還能記得當時發生的事情以及每一個細節。天亮前離開洛克威勒農莊的女孩，跟晚上回來的那個，簡直判若兩人。

凌晨四點半山普魯太太叫我起床，我在黑暗中睜開眼睛，腦袋裡浮現第一個念頭就是「今天要去見長腿叔叔」。在廚房藉著燭光吃完早餐，然後在美麗的秋天景色中搭馬車前往八公里外的車站，途中太陽升起，楓葉以及茱萸在太陽的照耀下，發出鮮紅和橘色的光芒。石牆、玉米田也因秋霜而閃閃發亮。空氣清澈，一切充滿希望，我有預感一定會有好事發生。搭乘火車時，我聽到軌道一直對我唱著：「妳要去見長腿叔叔囉」這聲音讓我好安心。我相信叔叔擁有力量，能讓所有事都往正確方向發展；然後在某個地方，一定有一個比叔叔更重要的人想見我，相信這趟旅行結束後，我一定能見到他。事情果然如我所願。

抵達位於麥迪遜大道的宅邸，我實在無法鼓起勇氣進入那間過於壯觀、拒人於千里之外的咖啡色建築。為了幫自己打氣，我先在附近繞了一圈，發現其實沒有什麼好害怕。管家先生非常溫柔，是個年紀可成為我的父親的老先生，一看到他，馬上就撫平了我緊張的心情。他問我：「請問您是亞伯特小姐嗎？」我回答：「我是。」根本就不用提到「我來見史密斯先生。」管家先生說：「請您在會客室稍等一下。」會客室的裝潢高雅沉穩，充滿紳士的品味。我坐在布沙發的一端，在心中不斷告訴自己：「等一下就要見到長腿叔叔囉，等一下

茱萸（第229頁）
茱萸科落葉或常綠灌木，分布於亞洲、歐洲南部、北美等地，種類極多。此指秋天時果實會變紅成熟的秋茱萸。

就要見到長腿叔叔囉。」

不久後，管家回到會客室說：「請您移駕到書房。」我實在太過興奮，好不容易才能邁出步伐。管家在書房門前轉身對我低聲說道：「主人的身體狀況非常不好，今天好不容易得到醫生的准許起床。小姐，請您不要待太久，也請您別讓主人太過興奮。」我可以感覺到他有多麼關心你，他真是個好人。

管家接著敲門說：「亞伯特小姐來了。」我走進書房後，身後的門就關上了。

相對於明亮的大廳，書房顯得有點陰暗，好一陣子無法看清楚四周。過一會兒，我才看到暖爐前有一張大大的**安樂椅**，椅子旁邊有一張擦得亮晶晶的茶桌和椅子。然後，我發現那張大椅子上坐著一位背後墊著靠

安樂椅

枕，膝上蓋著毛毯的男子。

我還來不及制止，那名男子就站了起來，他搖搖晃晃起身，抓著椅子扶手，一句話也不說，只是直勾勾盯著我。然後——然後——我才發現眼前的人就是你，當下我還搞不清楚這一切是怎麼回事。還以為叔叔為了給我一個驚喜，才特地叫你來這裡。

然後，你露出笑容，伸出手對我說：

「我的小茱蒂，你還沒發現我就是你的長腿叔叔嗎？」

在那一瞬間，我明白了一切。我多愚蠢啊！如果我再聰明一點，就能從那些蛛絲馬跡發現這個事實了，我實在無法成為傑出的偵探。叔叔——不對，傑比少爺，你說我該怎麼稱呼你才好呢？直呼你傑比太沒有禮貌了，我無法對你做出沒有禮貌的事。

在醫生過來趕我回去之前與你獨處的三十分鐘簡直就像做夢。回家時我還回不了神，還差點坐上前往聖路易的火車。你也跟我一樣，差一點就忘了幫我倒杯茶。

不過，我們真的很幸福。

我搭馬車走夜路回到洛克威勒農莊，天上閃閃發亮的星星是多麼耀眼啊。今早我牽著柯林外出，走遍所有與你一同去過的地方，想起你說過的每 句話，還有說話時的樣子。今天的森林就像青銅閃閃發亮，空氣冰涼冷冽，是個非常適合爬山的好天氣，真想跟你一起爬遍各處的山。

傑比，你不在這裡我真的好寂寞，但這是幸福的寂寞，因為我們很快就可以在一起了。我們兩個真的是為彼此而生的人。想到我終於要成為某人的人，就有種奇妙的感覺。我真的真的好幸福，今後我絕對不會再讓你傷心了，即使一秒也不會。

你永遠永遠的茱蒂　敬上

PS.

這是我有生以來寫的第一封情書。我竟然知道怎麼寫情書，是不是很奇怪呢？

（完）

與吉露莎一再相遇、相知、相惜

《長腿叔叔》的原作於一九一二年出版，是我小時候最喜愛的卡通《小甜甜》的原型，國小時的我對於孤兒小甜甜遇到種種困難還能力爭上游，不知為何一直覺得好激勵人心。一直到我當了母親，孩子開始讀文字書後，我才跟著讀到《長腿叔叔》，我還記得那天下午，一翻開就沒辦法放下書，在案前一頁一頁把書讀完，才能鬆口氣去做別的事，且那讀完的感覺實在是太暢快了，至今令我難忘。

《長腿叔叔》是描述一位在孤兒院長大的女孩吉露莎，因受一位富有而匿名的善心人士贊助得以去上女子大學，這本書就是一封封她跟這位贊助人報告她大學生活點滴的信件。

吉露莎的個性跟講話都非常直接（這是讀者感到暢快的原因之一），從孤兒院出來，初次接觸社會的消費行為，一點都不隱諱她油然而生的幸福感：

「親愛的長腿叔叔：

……我總共有六件衣服，每一件都又新又漂亮，統統都是為了我一個人買的——不是別人不要的舊衣服。每一件新衣都是叔叔送給我的，真的非常感謝您。您知道對孤兒來說這是多棒的事嗎？能夠上學固然幸福，而能擁有六件新衣服更是幸福中的幸福。」

一個人走出原本單純的環境，開始接觸花花世界，面對種種誘惑，一不小心就可能改變航道，從此變得虛榮，一點也不奇怪。讀者將透過吉露莎一封封的信件，看見青少年的成長途中，不只有求知這件事，更多的是價值觀的衝擊與學習，帶來的一連串苦惱與思考。吉露莎在自己人生的航道上以自己的方式努力掙扎著：

「我不能收取超過所需的金錢，因為我打算將來總有一天一定要還您錢……我喜歡美麗的帽子跟各種美好的東西，但我不能為了買這些東西而典當了自己的將來。」

「我很慶幸自己不是潘德爾頓家的孩子，反而覺得生長在約翰·歌利亞孤兒院還好一點。我雖然對自己的身世感到自卑，但我至少不用虛張聲勢的過日子……」

真心誠意的字字句句都讓人動容，吉露莎透過不斷的閱讀與人生觀察，在一封封信件中努力思考到底她的人生最想要的是什麼，自己將來要成為什麼樣的人，閱讀與思考讓吉露莎的內在一直成長，讓她終於形成自己的價值觀，並開始與長腿叔叔有不同的想法。

「叔叔，這個提議真的很吸引我，我差一點就要答應了。如果傑比少爺不是採用命令的態度……我最討厭被人命令，他竟然罵我是笨蛋、倔強、不懂事，還說我不知好歹、不聽老人言……」

「請您不要讓我養成奢侈的習慣……過去從來不曾擁有過的東西即使現在沒有也不會太難過，但是相反的，曾經擁有的東西一旦失去就會痛苦難當……」

不喜歡被命令——反抗的快感，這是讀者感到暢快的原因之二。但吉露莎不僅止於反抗，而是進一步經過思考後判斷是需要還是想要。在人生這片不斷變動的洋流裡，每個人都是艘小船，究竟會飄到何方？吉露莎就跟現在所有的人一樣，一直都不斷的調整自己的方向，她的思考與選擇，讓此書成為青少年很需要的一本掙扎之書。

一百多年來，吉露莎不知陪伴了多少青少年度過這段青澀的歲月，我喜歡吉露莎的擇善固執、堅持、討厭被命令的個性，正是這些個性，跟現代拿著3C產品的青少年，絕對可以站在一起，一點都不退流行。吉露莎的思考，從閱讀中來，她的想像力，從觀察中來，努力感受人生、思考人性、面對困境不放棄，這是百年前一位女性對自己人生的決定！

由於吉露莎有話直說的個性，讓我在讀這本書的時候常常拍案大笑不已，吉露莎對身邊同學直言不諱的評價，還有常常表達跟長腿叔叔對立的觀點，應該會讓青少年想要跟吉露莎擊掌吧？吉露莎的信裡面還有很多她自己畫的好玩插圖，相信都會陪伴大小讀者許多歡樂的時光（哈哈，這應該是讀者暢快的原因之三）。這麼有趣的書，就趕快翻開來看吧！

【作者簡介】

吳在媖

兒童文學作家，繪本、經典文學、青少年小說領讀人。

作品長期關懷兒童與社會，著有兒童小說《奇幻森林的娘娘腔事件》及繪本《阿嬤的碗公》（附台語翻譯）、《小種子》，譯作《香甜小雀斑》。

這套世界文學包含了多元的文化與各地不同的風景與習俗，當你徜徉在《長腿叔叔》故事情節中時，是否也運用了你敏銳的觀察力，發現哪些是與自己的生活很不一樣的地方呢？以下幾個問題將幫助你試著發表自己的心得或感想。現在就讓我們穿越文字的任意門，一起開始這趟充滿勇氣、信心與感動的旅程吧！

問題1 你喜歡吉露莎這個角色嗎？她有什麼優缺點呢？為了使小說中的人物更生動真實，寫作上會使用前後呼應來驗證角色特色，試舉出吉露莎「個性開朗」的行為。

問題2 試舉出兩個以上的原因，說說你認為「長腿叔叔」為何要贊助吉露莎上大學？

他的條件是什麼？為何要這樣要求吉露莎？

問題3 試找出有哪些暗示長腿叔叔真正的身分的線索？

問題4 「愛情」也是這本書的主題之一，它既迷人又危險，你覺得這本書的情節浪漫嗎？和真實世界又有何不同？

問題5 幫助需要幫助的人有很多方式，試著分享自己幫助別人的經驗。

日文版譯寫者

曾野綾子

一九三一年出生於東京。聖心女子大學英文系畢業。曾以《遠來之客》入圍芥川賞，著有《無名碑》、《哀歌》、《幸福的才能》、《熟年的才情》等書。一九七九年獲頒梵蒂岡聖十字勳章，一九九七年以海外日本人傳教士活動後援會代表，獲吉川英治文化獎與讀賣國際協力獎。二〇〇三年獲選文化功勞者。近年來與 NGO 組織一同於非洲、南美洲等地積極參與救助貧困兒童的活動。

中文版譯者

蔡幼茱

一九七九年出生，高雄人。淡江大學日文系，日本東北大學文學部碩士。譯有《湯姆歷險記》、《與孤獨共處》等作品。

封面繪圖：Lynette Lin

封面設計：倪龐德

地圖與註解小圖繪製：陳宛昀

信件插圖重製與內頁插圖：林佩穎

註解照片：wikimedia

國家圖書館出版品預行編目（CIP）資料

長腿叔叔／琴・韋伯斯特（Jean Webster）著；
蔡幼茱譯. -- 初版. -- 新北市：木馬文化出版：
遠足文化發行, 2019.03
面；　公分

ISBN 978-986-359-382-9（平裝）

874.59　　106003395

長腿叔叔

あしながおじさん

原著作者：琴・韋伯斯特（Jean Webster）
＊日文版由曾野綾子譯自英文
譯者：蔡幼茱

社　　長：陳蕙慧
副總編輯：戴偉傑
責任編輯：王淑儀
校　　對：王靜慧

讀書共和國出版集團社長：郭重興
發行人兼出版總監：曾大福
出　　版：木馬文化事業股份有限公司
發　　行：遠足文化事業股份有限公司
地　　址：231 新北市新店區民權路 108-2 號 9 樓
電　　話：(02)22181417　　傳　　真：(02)8667-1891
Email：service@bookrep.com.tw
郵撥帳號：19588272 木馬文化事業股份有限公司
客服專線：0800221029
法律顧問：華洋國際專利商標事務所　蘇文生律師
內頁排版：中原造像股份有限公司
印　　刷：中原造像股份有限公司
小木馬悅讀遊樂園：https://www.facebook.com/ecuschildren/

初版：2019 年 3 月
定價：300 元
ISBN：978-986-359-382-9

21 SEIKI-BAN SHOUNEN SHOUJO SEKAIBUNGAKU-KAN〔12〕
《ASHI NAGA OJISAN》